新潮文庫

カカノムモノ

浅葉なつ著

新潮社版

10696

目次

一章　加《カ》加《カ》呑《ノ》ム者《モノ》　7
二章　直《ナオ》毘《ビ》ノ風　71
三章　花ヲ喰ラウ　155
四章　雨ノ楽園　235

カカノムモノ

加加呑ム者

——それは太古。まだ神と人との境が曖昧《あいまい》だった頃の話。
海府の女神に仕える一匹の魚が空と人の子に憧《あこが》れ、禁を破って陸《おか》へとあがった。柔らかい鰭《ひれ》を手足へと変え、このまま太陽の下で暮らすことを選んだ。しかしそれを知った女神の怒りには抗《あらが》えず、子孫末裔《まつえい》に至るまでおぞましき呪《のろ》いをかけられたという。

魚でありながら魚でなく、人でありながら人でない者よ。
それほど人の子の世に恋い焦《こ》がれるなら、そこに産まれゆく種種《くさぐさ》の罪を啜《すす》って生きよ。
我《われ》の終わりなき無限の虚《むな》しさを抱えて生きよ。
お前がそれでも、人の子としてありたいと言うのなら。——カカノムモノよ。

一章　加《カ》加《カ》呑《ノ》ム者《モノ》

序

そこに佇《たたず》む一人の青年を、その日どのくらいの人が目にしただろう。

午後六時を過ぎて、新宿駅界隈《かいわい》ではオフィスビルから吐き出された人々が、駅に向かって群衆となって押し寄せる。ある種整然とした人波は、コンクリートの街を足音とため息で埋めた。新宿御苑《ぎょえん》の桜も散り、四月らしい浮かれた雰囲気も徐々に現実の中に消えようとしている。閉塞感《へいそくかん》に周囲を見渡しても、そこには幾重にもなった人の壁があるだけだ。

その中で彼は、奇妙な存在感を持って佇んでいた。流れに逆らうわけでもなく、かといって完全に溶け込むわけでもなく、ただその白磁のような肌は、周りと一線を引くように冷たさを纏《まと》っていた。少し襟ぐりの深い黒のシャツは、少年期を脱したばかりの彼の鎖骨を浮かび上がらせ、形の良い頤《おとがい》まで舐《な》めるような視線を奪う。しかし結ばれた珊《さん》瑚色《ごいろ》の唇がどんな言葉を紡《つむ》ぐのか、海の底のように静かな瞳《ひとみ》が何を映しているのか、誰にもわからなかった。

偶然彼を目にした者は、その美しさに自分の運の良さを少しばかり歓喜したかもしれない。もしくは何かの撮影かと、周囲を見回したかもしれない。だが数秒目を逸《そ》らしたうちに、彼はするりと雑踏の中へ紛れ込んでしまった。まるで危機を察した魚が、群れの中へと身をひそめるように。

――否《いな》、それは見つけた獲物《えもの》に悟られまいとする、狩りの始まりだったのかもしれない。

一、

「坂口マネージャーぁ……」

午後からの会議に向けて、配布するレジュメの最終確認をしていた麻美《まみ》のところへ、直属の部下である栗原《くりはら》が、遠慮がちに近寄ってくる。去年入社したばかりの彼女は、いわゆる顔採用で入ってきたのだともっぱらの噂《うわさ》で、それを裏付けるように会社の顔である広報部へと配属された。

麻美が本人と顔を合わせたのは、この春の人事異動で麻美が広報部のマネージャーに就任してからのことだったが、男性が好みそうな二重の丸い目といい、大きな胸と細い脚といい、そんな噂が立つのもある意味納得できる容姿だった。

「あのぉ、今忙しいですかぁ？」

麻美がマネージャーを務めるチームのスケジュールは、あらかじめ全員が確認できるよう社内のシステムで一括管理されている。それでなくとも、今夏に出る新製品のプロモーションの関係で慌《あわ》ただしくなっているのは、部内の人間であれば誰でも把握しているし、この後の会議の予定もわかっているはずなのだが。

「どうしました？」

それでも麻美は、プリントアウトしたレジュメを繰る手を止めて、栗原に目を向けた。人事異動を経て、この新しいチームになってから、まだ一カ月ほどしか経《た》っていない。ようやく円滑にまわり始めた人間関係の輪を、できるだけ壊したくはなかった。今は厳しく指導するよりも、部下との信頼関係を築くことの方が大事だと、マネージャーに抜《ばっ》擢《てき》された身としてはよくわかっている。

「来週提出するノベルティ作成の企画書なんですけどぉ……」

「ああ、営業部と一緒に考えている案件ですよね？」

それは麻美が広報部に配属される前から立ち上がっていた企画らしく、栗原が中心になって動いていると聞いている。営業先に持って行きやすく、かつ目新しい要素を含むノベルティを作ろうと、ずいぶん話し合いを重ねていたはずだ。

「それがぁ、営業部に出すのにうまく書けない所があって、見てもらってもいいですかぁ？」

ここ一カ月彼女と働いてきた印象だが、栗原は決して仕事ができる方ではない。ただコミュニケーション能力の高さと、徹底的に周囲に甘えることでなんとかこれまでやってきている。あまりにも他人任せになるのは問題だが、良くも悪くも他者の意見を取り入れる素直さは持ち合わせているので、そこから彼女をどう伸ばそうかと考えているところだった。

「わかりました。メールで送っておいてください」

麻美はできるだけ柔和な笑顔で応対する。ちょうど彼女の仕事ぶりも確認しておきたかったので、本来は先に彼女の教育係の岡田が目を通すべきなのだが、チェックすることに異存はなかった。

「ありがとうございますぅ！」

顔の前でぱちんと両手を合わせて、栗原は軽い足取りで自分の席へ戻っていく。麻美はその後姿を見送りひとつ息をついてから、ふと喉《のど》の渇きを覚えて、デスクの上に置いていた自社製品のミネラルウォーターを飲んだ。再び手元のレジュメに目を落とし、無意識に自分の首へ手をやる。
そこに何の束縛もないことを、確かめるように。

ここのところ、妙に夢見が悪い。真《ま》っ暗闇《くらやみ》の中を何かから逃げているのだが、途中で決まって柔らかいものに足を取られ転んでしまう。生温かいそれに足を挟まれたまま身動きができないでいると、不意に大きな影が覆《おお》いかぶさってきて、そのまま首を締め上げられるのだ。意識が朦朧《もうろう》とする中で弾《はじ》かれるように目覚めるのだが、あの生々しい感触が、寝汗とともに首にまとわりついている。そして決まって、喉がひりつくほどに渇いているのだ。

「疲れてるのかな……」

エレベータ内にある鏡に映った自分の姿を見て、麻美は独りごちた。もともと太りやすい体質で、ふっくらした丸顔を気にしていたのだが、ここ最近はその頬さえやつれた気がする。今年とうとう三十路《みそじ》を迎える年齢なこともあって、覚えのないシミも増えた。ため息をひとつ生み出して、麻美はペットボトルの中に半端《はんぱ》に残っていたミネラルウォーターを飲み干す。寝起きでもその顔色は冴《さ》えないことが多く、肌はいつもくすんだように曇っていた。

麻美の勤める会社は、日本人であれば誰でも一度は聞いたことのある食品会社だ。扱う品目は、アルコール類からサプリメントに至るまで多岐にわたり、海外への輸出入も行っている。二月頃、事前に口頭で伝えられた広報部への異動は、昇進という結果ではあったものの、自社の花形である海外事業部で多国間にわたる大きなプロジェクトに関わっていた麻美にとっては、決して希望していたものではなかった。しかし今後、海外向けの広報をより強化しようという計画もあり、海外事業部の経験がある麻美だからこそ抜擢されたのだと上司に言いくるめられ、渋々了承した部分もある。そもそも、会社の方針に一社員が刃向かえるはずもない。それに正直なところ、期待しているからと言われて悪い気はしなかった。

会社のビルを出ると、新宿の空は午後十時を過ぎてなお街明りで薄《う》っすらと明るい。進行しているプロジェクトのせいで、二週間ほどこの時間まで残業することが続いていた。妙な夢を見るのも、肌のくすみも、きっと蓄積している疲れのせいだろう。

飲食店の目立つ看板は夜になってネオンを纏い、一層街を彩《いろど》っている。この時間でも人通りは途切れることなく歩道を埋め、昼間には見かけないような種類の人間たちがどこからか集まっていた。もっとも、この巨大な街から人がいなくなることなどあり得ない。どんな時間帯であれ、そこで活動している誰かが必ずいる。

「……あれ？」

駅へ向かう道の途中、先日まで貸店舗の札が貼《は》られていた雑居ビルの一階に、新たな看板がかかっていることに気付いて、麻美は足を止めた。入口のガラス戸の、艶《つや》のない銀色の取っ手に、『アクアショップＫＫ』と青インクで書かれた長方形の札が吊《つ》るされている。右側にあるショーウィンドウには上下に水槽が並べられ、砂地に白い珊瑚が配置された澄んだ水の中を、五センチほどの鮮やかなコバルトブルーの魚が何匹か泳いでいた。

「こんなところにアクアショップなんてできたんだ……」

朝も同じ道を通るのだが、その時にはこの札に気付かなかった。もしかすると何日も前からオープンしていて、自分の目に入っていなかっただけなのかもしれない。

ガラス戸越しに店内を覗《のぞ》き込むと、両脇《りょうわき》の壁沿いに魚が入った水槽が置かれ、中央の台の上には水草が茂った水槽が照明に煌々《こうこう》と照らされている。麻美はもう一度入口の青の魚を眺め、ガラス戸を押し開けた。熱帯魚に特別興味があったわけではない。ただ水の中でゆらゆらと舞う薄い尾びれに、少しだけ心が癒《いや》されるような気がした。

「……こんばんは」

店内のビニールコーティングされた床に一歩踏み出すと、湿っぽい熱気と独特の水の匂《にお》いが押し寄せる。不快というわけではないが、普段あまり接しない匂いだ。奥のレジカウンターで何か書き物をしていた店員が、いらっしゃいませ、と顔を上げる。店名の入った黒のエプロンをつけた彼は、大学生くらいの年齢に見えた。若いな、と思うと同時に、麻美はその店員の顔を凝視する。黒髪に黒縁の眼鏡という、決して目立つような格好ではないのに、レンズの奥の瞳に捉《とら》えられると、途端に頬が染まるような感覚を覚えた。

「……何か、お探しですか？」

呆《ほう》けたように立ち尽くしていた麻美に、店員の方から声をかけた。

「あ、ごめんなさい、特に何か買うっていうわけじゃないんだけど……」

思わず正直に答えてしまい、麻美は気まずく視線を逸らした。店に来ておいて買う気はないと宣言するなど、迷惑な客以外の何者でもない。

「表の魚、綺麗《きれい》だなと思って……」

麻美の言い分を表情すら変えずに聞いていた店員は、そこでようやく口元を緩めた。

「あそこにいるのはルリスズメダイです。沖縄に行くとよく見られますよ」

レジカウンターから出てきた店員が、麻美の隣に並んでルリスズメダイの入った水槽を見上げた。傍に立つと、その顔の小ささと、美しい顎《あご》のラインに目を奪われる。まくった袖《そで》から覗く腕はしなやかな筋肉を纏い、ピアニストのような繊細な指をしていた。

麻美の無遠慮な視線に気づいたのか、店員はこちらを振り向いて尋ねる。

「好きなんですか？」

唐突な質問に、麻美は見惚《みと》れていたことへの気恥ずかしさとともに目を見開いた。予告なく心の内側に入り込まれたような気がして、心臓が鳴る。

「魚、好きなんですか？」

だが麻美の動揺に触れることもなく、店員はもう一度尋ねた。柔らかく微笑《ほほえ》む瞳が、再度麻美を捉える。

「き、綺麗だなとは思うけど、飼うってなったら、大変でしょ……？」

麻美はごまかすように髪を触って、店内へ視線を巡らせた。

「ここにこんなお店があるなんて知らなくて、つい珍しくて寄っちゃったの。ごめんなさい、冷やかしで……」

「いえ、見ていくだけのお客さんもいますよ。寄ってくれるだけ、有り難いです」

水槽に酸素を送るモーターの音が、店内に反響する。店員の口ぶりから、店自体は何日か前からオープンしていたようだ。彼は踵《きびす》を返して、店の中央にある水草を植えた水槽の様子を窺《うかが》った。その端正な横顔に、麻美は問いかける。

「あなたが、オーナーなの？」

「まさか。僕はただのアルバイトですよ」

「こんな時間まで開けてるのね」

「うちは午前四時まで営業してます。立地上、水商売の人たちがターゲットでもあるので。その代わり、開店は夕方の六時ですけど」

それを聞いて、麻美は妙に納得した。商売というのは、意外なところにも需要があるものだ。

「昨日はホストクラブにお勤めの方が、ミズクラゲを買っていかれました」

「クラゲ？」

店員が指さした方を見やると、水槽の中を漂う半透明の姿があった。漂っているのか泳いでいるのか、曖昧《あいまい》な動きで柔らかな襞《ひだ》が揺れる。

「専用の水槽と、ポンプと、ヒーターと、合わせて十二万円」

「十二万……。意外と儲《もう》かってるのね」

麻美の素直な感想に、店員は何も言わずに少しだけ肩をすくめてみせる。その金額が全《すべ》て彼の取り分になるわけではないのだと、言外に嘆いているようにも見えた。砕けた仕草に、麻美は彼への興味を一層そそられる。久しぶりに、胸の奥がざわつくような感情を覚えた。

「ねぇ、どうしてあの子だけ隔離されてるの？」

店の中を改めて見回した麻美は、レジカウンターの奥に置かれた小さな水槽にいる魚に気付いた。表にいるものと同じ種類のようだが、よく見ると尾びれが少し破れている。

体の色もどこかくすんでいる印象で、珊瑚の陰で隠れるようにひっそりとしていた。

「ああ、あれも最初は表の水槽にいたんですが、どうしてもいじめられるので隔離してるんです」

「いじめ?」

魚同士でもそんなことがあるのだろうか。思わず問い返した麻美に、店員は頷《うなず》いて軽く息をついた。

「最初はいじめる個体を隔離したりして対処したんですが、どうしてもだめで、今は体力を回復させてるところです」

「そうなんだ……」

魚の世界にも、シビアな上下関係があるようだ。麻美は隔離されたルリスズメダイをもう一度眺める。

「気付いてもらえてよかったね」

その声が聴こえているのかいないのか、青の魚は破れた尾びれを少しだけ揺らして、丸い目でこちらを見つめていた。

二、

喉が、渇く。


「申し訳ありません！」

翌日の午前中、麻美は上司である広報部長の前で頭を下げていた。

「自社サイトと各メディアには、すぐにお詫《わ》びと訂正版のリリースを送ります。営業部と、それからブランド事業部には、私からも謝罪を……」

本日、今夏発売の女性向け梅酒の情報が解禁されたのだが、ニュースリリースに使われているパッケージ画像が、決定案ではなくテスト用のものであることが判明した。しかもこちら側ではミスに気付いておらず、サイトをチェックしていた営業部から、直接部長の所へ連絡が入る事態となってしまったのだ。サイトに送る原稿は事前にチェックをしているはずなのだが、異動でごたついていた時期だったこともあって、麻美のところにはまわってきていなかった。

「わかった。営業部には、私の方からも伝えておく」

「申し訳ありません……」

麻美は奥歯を嚙《か》みしめて口を結ぶ。この件が発覚した時点で、担当した部下からは膝《ひざ》に額をこするような謝罪を受けていた。これ以上彼を責めるよりも、この結果のフォローと、チェック体制を見直す方が先決だろう。

「坂口くん」

部屋を出る寸前で、部長が麻美を呼び止めた。

「マネージャーに抜擢されて気負うのはわかるが、まずは部下との信頼関係を築くことも大事だぞ」

「……はい」

そうしてきたつもりだった、という言葉は呑《の》み込んで、麻美は頷いた。

「坂口マネージャー！」

フロアに戻ると、担当者である入社三年目の秋本がすぐに駆け寄ってくる。

「部長は何て……？」

その蒼白《そうはく》な顔を見て、麻美は逆に冷静になる自分に気付く。そうだ、今はできなかったことを嘆くより、できることをやっていく方が大事だ。

「大丈夫。営業には、部長からも謝ってくれるそうです。秋本くんは引き続きウェブ制作のチームに、すぐ訂正版の更新ができるよう待機のお願いをしてもらえますか？あと大至急、各メディア向けとサイトに載せるお詫び文を作ってください」

「……わかりました」

「お詫び文は、出来上がり次第私がチェックします。なるべく早くお願いします」

「はい！」

もう一度頭を下げて、秋本は自分のデスクへ急ぎ足で向かって行く。麻美は小さく息をついて、自分のデスクに置いていたミネラルウォーターを手に取った。今日はなんだか妙に喉が渇く。トラブルで緊張しているせいだろうか。そんなことを思いながら喉を潤《うるお》している間に、デスク上のクリアファイルに気付いた。昨日栗原からチェックしてほしいと言われていて、プリントアウトしたままになっていた企画書だ。

「あ……」

吐息とともに、麻美は額に手を当てる。朝イチでチェックしようと思っていたのだが、この騒動で失念してしまっていた。

「栗原さん」

麻美は、デスクで手鏡に見入っていた彼女に歩み寄る。丸い目をぱちくりとさせて、栗原が振り返った。

「申し訳ないけど、あの企画書、午後返しになってもいいですか？」

「ああ、あれですかぁ？」

前髪を手櫛《てぐし》で直しながら、栗原は再び鏡に映った自分に目を向ける。

「あれならもう営業部に提出しちゃいました」

「え……」

あっさりと告げられ、麻美はうまく言葉が繋《つな》げずに曖昧な表情を浮かべた。いつまでに必要だということは聞いていなかったので、遅くなったこちらも悪かったのかもしれないが。

「坂口マネージャー忙しそうだったんで、もういいかなぁーと思って、メールで送っちゃいました。だからもう大丈夫です」

「でも……」

「あ、陽菜《はるな》ちゃーん！」

麻美が言いかけた言葉を遮るようにして、フロアの入口の方から声がかかった。振り向いた栗原がそこにいた人物に目を留め、顔の隣でかわいらしく手を振る。

「宇治原《うじはら》さぁーん！」

紺色のスーツを着た男性社員が、栗原の元に駆け寄ってきたかと思うと、麻美を押しのけるようにして隣の空いている席へ腰かけた。

「見たよ企画書！　やっぱ陽菜ちゃんは頭がいいなー。これで全然大丈夫だと思うよ！」

「えー、ほんとですかぁ？」

「ほんとほんと！　それで、ここの部分についてもう少し詰めたいんだけどさー、今夜食事しながらとかどうかな？」

「それって二人っきりってことですかぁ？　どうしようかなぁ」

「やだなー、あくまでも仕事の話だからー」

　二人の後ろで呆然とそのやり取りを聞いていた麻美は、妙な気まずさを感じてその場を離れた。要は企画書の出来など、どうでもよかったのかもしれない。それが上出来でも不出来でも、彼はこうして栗原を訪ねてきて食事に誘っただろう。そして栗原の方も、新しく赴任したマネージャーに自分が仕事をしていることをアピールし、こちらの実力を測ることを兼ねて釣り針を垂らしただけだ。むしろそこに、励ましも批判も必要なかったのだ。

「私、営業部に行ってきます」

　麻美は気持ちを切り替え、手近にいた部下にそう声をかけると、早足でフロアを出た。今はそんなことで心を乱しているよりも、ニュースリリースの件を早めに根回ししておかなければ。

　営業部のあるフロアは、麻美がかつて所属していた海外事業部と同じ階にある。エレベータで移動しようとした麻美は、ちょうど乗り場の前で、かつての同僚が重役たちと談笑しているところに出くわした。重役の部屋がこの階にあるため、おそらく送ってきたのだろう。

「じゃあまた頼むよ、藤原さん」

「こちらこそ、よろしくお願いいたします」

　深々と頭を下げて重役たちを見送り、彼らが廊下の角を曲がったところで顔を上げた同僚は、再びエレベータに乗り込もうと踵を返したところで麻美の姿を見つけた。と、同時に、躊躇《ちゆうちよ》せずいきなり抱きついてくる。

「麻美ー！　久しぶりー！」

同期でもある彼女の気安い挨拶《あいさつ》に、麻美は思わず周囲を見回しながら身をよじった。

「ちょ、ちょっと莉子《りこ》！　くすぐったいから！」

確かに昔はこんなふざけあいをよくしていたが、謝罪に出向かなければいけないという状況の今は、じゃれている場合ではない。どこで誰が見ているかわからないのだ。麻美はエレベータのボタンを連打して扉を開けると、その中へ逃げるようにして莉子とともに乗り込んだ。

「なになに？　うちの階に用事？　ていうかどうしたの、なんか顔が疲れてない？」

麻美が五階のボタンを押下《おうか》するのを見て、莉子が尋ねる。

「ちょっといろいろあって……。なんか最近夢見も悪いし」

曖昧に濁して、麻美は息をつく。同期入社の上、同じ海外事業部への配属ということもあって、藤原莉子とはプライベートでも遊びに行くほどの良い友人関係を築いていた。辛酸を舐め合った仲、といえばそうなのだが、どちらかというとキャリア志向の強かった麻美に対し、莉子の方は結婚願望が強く、いい旦那《だんな》を捕まえて早く会社を辞めたい、が口癖だった。だが今のところ、その候補はお互いに見つかっていない。

「それより、さっき話してたのって橋本専務でしょ？　あんなに仕事嫌いだった莉子が、重役相手に随分打ち解けてたみたいだけど」

話題を切り替え、麻美は莉子を振り返る。一ヵ月前には考えられない光景だ。

莉子は動き出したエレベータの壁に背を預け、自嘲《じちよう》気味に笑った。

「麻美のいたチームがやってた、国産ワインの新規開拓の計画あったでしょ？　その後を私のチームが引き継いだんだけど、プロジェクトのリーダーやれって言われたの」

「すごいじゃない！」

麻美は思わず声を大きくする。麻美自身、リーダーの補佐は何度か務めたが、リーダーをやれと言われたことは一度もなかった。

「でもほんとにいろいろ大変で、先輩の力借りまくって、残業しまくって、ようやく取引してくれる海外店舗がいくつか見つかったの。そしたらその中の一人のオーナーが、専務の知り合いだったらしくて、わざわざお褒めの言葉をいただいたらしいのよ」

他人事のようにあっけらかんと口にする友人の肩を、麻美は思わず摑《つか》む。

「専務の覚えがよかったら、今後引き上げてもらえることもあるかもしれないし、チャンスだよ！」

「でもこれって、全部麻美が下地を作ってくれてたおかげよ。私がやったことなんてほんのちょっと」

首を振って、莉子は麻美の肩を叩《たた》き返す。

「それに、どうせ引き上げてもらえたって、私の夢は寿《ことぶき》退社ですから。海外赴任なんかになったら、ますます婚期遅れそう」

社内の方針として、幹部に引き上げられるには、一度は海外赴任を経験するのが不文律だ。女性幹部の数はまだ少ないが、それは麻美が目指している夢でもあった。

「そうなったら、外国人の旦那さん見つければいいんじゃない？」

冗談交じりに告げた麻美に、莉子が一瞬考えるように目を伏せたかと思うと、それもそうねと真面目《まじめ》な顔で答え、二人は顔を見合わせて笑った。


「で、今日はそのニュースリリースの件で走り回ってたと？」

その日の夜、麻美は大学時代の友人と行きつけのバーを訪れた。同じテニスサークルに所属していた彼女は、去年の年末で勤めていた出版社を辞め、フリーの編集者として活動している。ライターとしても仕事を請け負っているらしく、本屋で見かける有名な雑誌に、彼女の名前が掲載されていることもしばしばあった。

「そう、それで営業部とブランド事業部で頭下げて、帰ってきたら帰ってきたでさ……」

燭台《しょくだい》を模したほの暗い灯りが揺れる中、心地よいジャズが耳を彩る。ミモザの入ったグラスを傾けながら、麻美は頬杖《ほおづえ》をついた。

「うちのチームね、私の下にチーフっていうポジションの子がいるんだけど、その子が入社七年目、要は私の一期下の子なの。慶応卒の男の子で岡田くんって言って、すっごい仕事できるのよ。私がマネージャーになる前は、彼がなるんじゃないかって言われてたくらい。その子が、私が営業部に行ってる間にお詫びのリリースやら何やら全部まとめてくれてて、あとは私が承認すればいいだけってくらい完璧《かんぺき》に仕上がってて……」

グラスの縁に塩をつけたソルティ・ドッグをひとくち飲んで、友人は面白そうに麻美の話に耳を傾ける。

「有能な部下がいて良かったじゃない。なんとかっていう、かわい子ちゃんみたいなのばっかりじゃなくて」

「かわい子ちゃんじゃなくて、栗原さん」

律儀《りちぎ》に訂正しておいて、麻美はため息をつく。チーフである岡田が、良かれと思って動いてくれたことはよくわかる。そのことに関しては素直に感謝もした。だが、お忙しそうだったのでやっておきました、と言われると、言外に使えない奴《やつ》だと言われている気がして胃が痛む。思えば栗原にも、同じようなことを言われていた。

「いいなぁ、沙希《さき》は……」

麻美は、隣に座る友人を見やる。

「もう組織に縛られないもんね。上司とか部下とかないもんね」

「あのね、確かに上司とか部下とかはないけど、フリーの仕事なんて人間関係が命よ？　そこがダメになったら死活問題なんだから」

呆《あき》れたように言って、沙希はカクテルを口に運ぶ。退職を機にバッサリと髪を切った彼女は、以前よりもずっと『男前』になった気がしていた。会社を辞めるというひとつの決断も、彼女らしい覚悟だったように思う。

「岡田くんは、私がいなかったらマネージャーになってたかもしれないのに……」

「何言ってんの、今のマネージャーはあんたなんだから、自信持ちなさい」

酔いが回ってきた麻美に、沙希が発破をかける。そしてふと、傍らに置いていた自分のスマートホンに目をやった。

「あ、ちょっとごめんね」

着信があったらしく、沙希はそう断って席を外し、一旦《いったん》店の外まで出て行く。その背中を見送って、麻美はまだ三分の一ほど残っているミモザのグラスを揺らした。それほどアルコールに強いわけではないのだが、今日は愚痴を吐きながら飲みたい気分だったのだ。

改めて店内を見回してみると、壁際《かべぎわ》のテーブル席にはカップルが何組か座っており、麻美たちが座るカウンターには、隅で煙草《たばこ》を吸っている一人の男性客と、ホステスと客のような関係をにおわせるカップルが一組いる。どうやら女同士で来店しているのは、自分たちだけのようだ。

「ごめーん、麻美！」

三分ほどして、沙希が手を合わせながら戻ってくる。

「ほんっと悪いんだけど、ちょっと行かないといけなくなっちゃった」

「仕事？」

時刻は午後十時をまわっている。フリーの編集とは、こんな時間でも呼び出されたりするものなのだろうか。

「うん、半分は」

難しい顔で頷いて、沙希は財布を取り出す。

「会社勤めしてた頃の先輩が、山城《やましろ》出版の編集さんと飲んでるから来ないかって。あそこ繋がりなくってさー、誰か紹介してくれる人ずっとお願いしてたんだよねー」

本当に申し訳ない！　と手を合わせ、お詫びにここはおごると言って、沙希は数枚のお札を抜き取る。フリーの仕事は人間関係が命だ、と聞いた後では、引き留めづらい。

「絶対後で埋め合わせしてよね」

麻美は拗《す》ねたふりをして、唇を尖《とが》らせた。こんなことでひびが入る関係ではないので、あえて文句を言っておく。

「もちろん。あ、あの熟成肉の店予約しとく」

グルメ雑誌で自分が記事を書いた店を持ち出し、沙希はまたメールすると言い残して店を出て行った。

店の扉が閉まるのを見届けて、麻美は息をついた。直後に、同じカウンターに座っていたカップルが席を立つ。会計をせずにバーテンダーに見送られる姿を見る限り、常連客のようだった。麻美はグラスを空にして、同じものを再度注文した。連れはいなくなってしまったが、せっかくなのでもう一杯だけ飲んで帰ることにする。これから先も、しばらくは残業の日々だ。今日くらいは許されるだろう。

「隣、いいですか？」

新しいミモザを待っている間に、不意に左からそんな声がかかる。先ほどまでカウンターの端で煙草を吸っていた男が、飲みかけのグラスを持って、麻美の隣の席を指していた。伸ばしかけにも見える無造作なミディアムヘアに、ブルーレンズのサングラスをかけている。白のヘンリーネックの上に派手なアロハのような模様が入ったシャツを羽織り、ダメージジーンズと、なぜか足元は黒のビーチサンダルだ。どう見ても普通の会社員という出《い》で立ちではない。

「……これ飲んだら帰りますけど」

バーテンダーが置いた新たなミモザを指して、麻美は釘《くぎ》を刺しておく。バーでこうして話しかけられるのは初めてではないが、今日は新しい出会いを楽しむ気分でもない。どちらかといえば癒しが欲しい——と思いかけて、麻美の脳裏をあのアクアショップの青年の顔がよぎった。見惚れるほどの端正な横顔を思い出して、胸の辺りがさざめく。

「あー、じゃあその一杯分の時間だけ、俺にもらえます？」

滑り込むように隣の席へ腰かけた男は、そう言って冗談っぽく笑いながらサングラスを外した。年齢は麻美とそう変わらないか、若干年上といったところだろうか。どこのチンピラかと思っていたが、少し目尻《めじり》の下がった素顔は意外と人懐《ひとなつ》っこい。

「俺、フリーのカメラマンやってる桐島《きりしま》と言います。こんな格好なんで、どこのヤカラだと思ったでしょ？」

桐島は麻美に煙がかからないよう、左を向いて煙草を吸う。その姿に彼への印象が幾分和らいで、麻美は少しだけ笑ってミモザに口をつけた。

「ほんと、どこのチンピラかと思った」

「よく言われるんだよね。その格好なんとかならないのかって。せめてビーサンは夏に履けって」

「その通りですよ。まだ夜は冷えるのに、寒くないんですか？」

「寒いんだけどさー、玄関に出てるとつい、勝手に足が履くんだよね」

まるで他人事のようにやれやれと息を吐く桐島に、麻美は思わず噴き出した。なんだか飄々《ひょうひょう》としたふざけた男だ。

「私、坂口です。坂口麻美」

「坂口さん？　じゃあついでにメアド訊《き》いていい？」

「それはだめ」

「じゃあ百歩譲って電話番号」

「もっとだめ」

二人の密《ひそ》やかな笑い声が、薄暗い店内に響く。

「でもよかった、意外と元気そうで」

ライムの入ったグラスを傾けて、桐島が改めて麻美を見やった。

「ちょっと話聞こえてたんだよね。なんか参ってそうなのに友達は先に帰っちゃうし、紳士としては心配になってね」

「それで声かけてくれたの？」

「まぁ、麻美ちゃんが好みじゃなかったら、俺もそのまま帰ったかもしれないけど」

さらりとそんなことを口にする桐島を、麻美は疑わしく見つめる。どこまで信用していいのか、食えない男だ。

「ま、それはおいといて、俺に残された時間はあと四分の三ミモザしかないわけだから、もっと楽しい話しようか」

桐島は、短くなった煙草を灰皿に押し付けた。単にナンパ目的かと思えば、どうも違うような気もする。

「例えば？」

麻美が尋ねると、桐島はそうだなぁ、と腕を組む。

「女の子が好きな話題ってなんだろう。……ファッション、美容……ああ、あと占いとか？」

「それって手相見れるんだよ、とか言って、手を握るパターンでしょ？」

「麻美ちゃん、俺は紳士だよ？　そんなことする人間に見える？　でもそれいい案だね」

調子のいい桐島に乗せられるようにして、麻美はまた笑ってしまう。悪い人ではなさそうなのだが、その口車にのせられてついていく幼さは、さすがにもう卒業している。

「手相以外にだって、占いなんていくらでもあるよ。なんか悩んでることがあるなら、新宿の父と呼ばれたこの紳士桐島に言ってごらん」

「この紳士うさんくさい……」

あまりのバカバカしさに、グラスを磨いていたバーテンダーも肩を震わせている。麻美は声を殺して笑いながら、ミモザを飲み干すまでの時間、この紳士とどう過ごしてやろうかと考えていた。

バーから大通りに出るまでの間にあるコンビニで、麻美は自社製品のミネラルウォーターを買った。袋に入れてもらうのを断って、店を出たところで一気に半分ほどを空ける。酔い覚ましも兼ねていたが、冷たい水が体に入っていくのが心地よかった。

桐島とはあれから当たり障《さわ》りのない会話をして、約束通り麻美のグラスが空になった時点で別れた。元より麻美は、彼との今後の繋がりも期待していなかったし、彼の方も名刺をよこしてはきたが、意外とあっさり引き下がった。ただあの場で酒を酌《く》み交わす時間を共有しただけであり、それ以上でも以下でもない。

「……でも、カメラマンって本当だったんだ……」

時刻は午後十一時をまわったところだった。平日ではあるが、駅へ向かう通りに麻美のようなOLやサラリーマンの姿も珍しくはない。だがそれ以上に、たむろする若者の姿も目に付いた。麻美は歩き出しながら、桐島から強引に渡された名刺をしげしげと見つめる。少し凹凸のある紙に、photographerという肩書と名前、それに連絡先だけが載っている簡素なものだ。

「桐島……樹《いつき》……」

　正直なところ、男性に声をかけられたことに悪い気はしなかった。桐島は風体こそ怪しかったものの、話せば意外とまともそうな男だった。ただ話し慣れていたあたり、よく女性に声をかけているのかもしれない。麻美は小さく息をついて、その名刺をバッグのポケットにしまい込んだ。と、同時に、スマートホンが着信を知らせる。

「……麻央《まお》？」

　着信は、二歳下の妹からだった。大学を卒業してすぐ、学生時代から付き合っていた彼氏と結婚し、その二年後に長男を出産、その後長女も産み、今は二児の母だ。おっとりしているが、ここ一番ではおいしいところを持っていく要領の良さも心得ている妹で、結婚した今でも時々連絡を取り合っている。甥《おい》っ子や姪《めい》っ子も、麻美によく懐いていた。

「どうしたの、こんな時間に」

　麻美は通話ボタンを押し、すでにシャッターが下りた店舗の前で、壁を背にして立ち止まる。酔っぱらったサラリーマンが、同僚に肩を抱かれながらその前を通り過ぎた。

「あ、ごめんねお姉ちゃん。もう家？　起きてた？　遅いかなとは思ったんだけど、この時間の方が確実に話せるかなと思って」

「麻央の方こそ、もう寝なきゃいけない時間なんじゃない？　どうしたの？」

専業主婦として、三歳と一歳の子どもの面倒を見ている麻央は、それほど夜更《よふ》かしをしている余裕はないはずだ。上場企業に勤める旦那と都内に居を構えているが、節約のためにお弁当を作ったり、ママ友付き合いがあったりと、それはそれで大変なのだとよく愚痴を漏らしている。

「メールでもよかったんだけど、直接早めに頼んだ方がいいかと思って……」

「だからどうしたのよ」

麻美は苦笑しながら問い返す。麻央にしては珍しく、まわりくどい言い方をする。

「……実は、今週の日曜日、うちの結婚記念日なんだけど……」

それを聞いて、麻美はぼんやりと妹が結婚式を挙げた日のことを思い返した。挙式の翌日に籍を入れたと聞いたが、確かこの時期だった気がする。

「その日は毎年お母さんたちに子どもを預けて、夫婦でお祝いをしてるの。でも今年は旦那に出張の予定があったから次の週にしようって話してて……。でもそれが今日になって、急に出張が延期になったって連絡があったの。レストランの予約も取れたって言われたんだけど、今週末はお母さんたちが町内会の旅行で出かけることになってるから……」

妹が言いにくそうにする理由に、麻美はようやく思い至った。要はその日、子どもを預かってほしいということだ。今までにも何度か預かったことはあるし、妹夫婦が結婚記念日を唯一《ゆいいつ》夫婦二人きりで過ごす日と決めていることは知っていたので、今更驚くような話でもない。

「じゃあ日曜日に、よっくんとちーちゃんを預かればいいのね？」

麻美は先回りして、要点を口にする。

「……うん。でも、用事があるなら……」

「大丈夫よ、今のところ出かける予定もないし。あ、アンパンマンのDVD持ってきてね。あれ観《み》てる間は、よっくんおとなしいから」

そういえば、甥っ子や姪っ子にも二カ月ほど会っていない。正直なところ、最近は仕事に追われていて、妹と連絡を取る余裕もなかった。

「ごめんね、お姉ちゃんだって忙しいのに……」

電話の向こうで、妹が申し訳なさそうに口にする。

「気にしないで。せっかくなんだし、ゆっくりしてきたら？」

「……ありがとう」

じゃあまた連絡してね、と告げて、麻美は電話を切った。休日は潰《つぶ》れてしまうが、そういう事情なら仕方がないだろう。スマートホンをバッグに入れて、麻美は再びタイル張りの歩道を歩き始める。そしてついでのように、先ほど買ったミネラルウォーターの残りを飲み干した。

明日も仕事なのだから、早く帰って眠らなければ。

しかしそう思う反面、いざ駅に辿《たど》り着くと改札の前で麻美の足は止まってしまった。定期入れを握りしめて、麻美はしばらくその場に立ち尽くす。今日一日の出来事が、順番に胸の中を去来していく。このまま家に帰るには、いまひとつ安らぎが足りない気がしていた。

「ちょっとだけなら、大丈夫かな……」

麻美は改札の時計を見上げて、終電まではまだ時間があることを確認し、小走りで駅の反対側に出た。通勤するときと同じルートを辿り、あの雑居ビルの一階に明かりが灯っているのを目にして、なぜだかほっとする。

「いらっしゃいませ」

麻美の期待通り、昨日と同じ店員が、クラゲの水槽の前でこちらを振り返った。

「こんばんは」

ガラス戸をくぐった瞬間、水の匂いと湿気に包まれる。熱帯魚を主に扱っているので、外よりも幾分気温を高めに設定してあるのかもしれない。

「また、来ちゃいました」

店員がこちらを認めるのを待って、麻美は遠慮がちに会釈《えしやく》する。彼は口元だけで微笑んで、黒縁の眼鏡を押し上げた。

「今日は随分遅いんですね」

「実は飲んだ帰り。どうしても、家に帰る前に寄りたくなって」

麻美の中でも、なぜここに寄らねばと思ったのか、細かいことはよくわからない。ただ水槽に揺らめく魚と、眉目秀麗《びもくしゅうれい》な彼のいるここは、雑音の多い街の中で唯一枝葉を広げた木陰のような気がしていた。

クリップボードに挟んだ書類に何か書きつけていた店員は、麻美にごゆっくりと声をかけて、再び自分の作業に戻る。邪魔をしない限りはご自由に、けれどこちらからも積極的な接客はしないというスタンスは、店の方針なのかそれとも彼が無精なのか麻美にはわからない。だが今はそれが心地よかった。

「……何かあったんですか？」

麻美がレジカウンター奥で隔離されている、尾びれが破れたルリスズメダイにしばらく見入っていると、自身の持つペン先に目を向けたまま店員が尋ねた。

「なんだか、昨日より元気がないですね」

彼の視線が、手元の書類から麻美へと移る。眼鏡の奥の瞳《ひとみ》に捉えられると、心の深いところを摑まれたように動けなくなる気がした。

「ちょっと、いろいろあってね……」

曖昧に言葉を濁して、麻美は愛想笑いを浮かべる。たった二回立ち寄っただけの、得意客でもない女の身の上話などしても、彼にとっては迷惑でしかないだろう。

「ねぇ、この隔離されてる子、いつかはあっちの水槽に戻るの？」

麻美は話を逸《そ》らそうと、入口の水槽を指さす。

「オーナーの判断次第ですけど、また戻すのは難しいと思いますよ」

麻美につられるように、店員もそちらを見やった。

「他の種類と混泳させる可能性が大きいですね。それなら、比較的喧嘩《けんか》は起こりにくいでしょうし」

ボールペンをクリップボードに挟み込んで、店員は麻美の隣に並び、隔離されているルリスズメダイを見つめた。

「広い海の中では、喧嘩なんて起こらないんですけどね」

触れようと思えば、すぐにでも触れられる位置にいる彼に、麻美は視線を泳がせてから目を伏せた。

「狭い水槽の中に入れた途端、強いものが弱いものをいじめ始める。こちらからしてみれば、体が大きいか小さいか、それくらいの個体差しかないのに、彼らにとっては絶対の上下関係なんです」

「上下関係……」

「まぁ、縄張り争いですよ」

淡々と説明して、店員はついでのようにさらりと口にする。

「人間だって、同じかもしれませんね」

三、

走っても走っても、誰かが追ってくる。

生暖かい息を吐きながら、こちらの位置を手に取るように把握して、暗黒に沈む空間の中をひたひたと。

胸が潰れそうな苦しさを味わいながら、麻美は力の限り走っていた。自分の呼吸音と、心臓の音だけがやけに大きく聴こえ、何も見えない闇《やみ》の中をただ一心に走る。靄《もや》がかかった頭の中では、とにかく逃げなければという恐怖があるだけだ。

あれに捕まってはいけない、手を引かれてはいけない。

見つからないところ、どこか遠くへ、遠くへ。

すでに肺は悲鳴をあげている。足も思うように動かない。手をついて休める壁さえない中、少しでも立ち止まればすぐにあいつがやってくる。忍び寄るように、にじり寄るように、足音を潜ませ近寄ってくる。

逃げなければ。

ただその一心で、麻美は走り続けた。救ってくれる人もいない、どこまでも深い漆黒の中を、自分の姿さえ見失いながら。

喉《のど》を鳴らして咳《せ》き込んだ直後、麻美は何か柔らかいものに足を取られて転倒した。幸い、ぶつけた顎《あご》や膝に痛みはない。しかし代わりに、その柔らかいものが足を絡《から》め捕って離さなかった。もがけばもがくほどそれは食い込み、手で払おうとしてもびくともしない。やがて、足の近くで何かが光った。それが人の目だと気付いた瞬間、麻美は悲鳴すらあげられずに息を呑む。次第に浮かび上がるのは、髪の長い全裸の若い女が、寝転がったまま麻美の両足をがっちりと抱え込んで離さないでいる姿だった。血走った目を見開いて麻美を凝視し、口元は狂気の笑みで彩《いろど》られている。そして麻美には、その顔に見覚えがあった。

「――栗原、さん……」

そうつぶやいた瞬間、耳をつんざくような甲高い声を上げて栗原が笑った。

悲鳴とともに跳ね起きた麻美は、見慣れた布団《ふとん》や家具のあるここが、本当に現実の世界なのかどうかしばらく判断がつかなかった。喉は痛いほどに渇き、額からは滴《したた》るような汗が滑り落ちて、パジャマが冷たく湿っている。荒い呼吸のまま、布団を剝《は》いで自分かった。まさか夢見は悪かったが、まさか栗原が出てくるとは。麻美はようやく両手で顔を覆《おお》った。前々から夢見は悪かったが、まさか栗原が出てくるとは。昼間の一件が未《いま》だに尾を引いていたのだろうか。

枕元《まくらもと》の時計は、午前二時五十分を指していた。眠りについてから、まだ一時間半ほどしか経《た》っていない。動悸《どうき》が落ち着いたところでベッドから降り、麻美はキッチンへ行って冷蔵庫から二リットルのミネラルウォーターを取り出した。グラスに注ぎ一気に飲み干したが、なんだか物足りない。もう一杯、今度は少しゆっくり飲んでみる。しかしそれでも、体の奥の方の渇きが癒《い》えなかった。次第にグラスに注ぐのも面倒になり、麻美はペットボトルに口をつけ、文字通り浴びるように水を飲んだ。口に入り切らなかった水が溢《あふ》れ、顎と喉を伝い胸へと流れていく。パジャマは水を吸い、さらに肌へと張り付いた。だがその感覚さえ、今の麻美にはどうでもいいことだった。

結局二リットルをすべて飲み切ったところで、麻美はようやく体の中が満たされた気がした。空になったペットボトルをシンクの上に置き、濡《ぬ》れた口元を無造作に拭《ぬぐ》う。

「……シャワー、浴びようかな」

寝直そうにも、濡れてしまったパジャマを着替えなければいけない。麻美はパジャマのボタンを外しながらバスルームに向かった。洗濯かごに濡れた服を入れ、バスルームの中にある大きな鏡と対峙《たいじ》した瞬間、麻美はそこに映る自分の姿に言葉を失った。

「……なに……これ……」

そこに立つ全裸の自分は、体中の皮膚がどす黒く濁っていた。まるで泥水を全身で浴びたように、顔も胸も、背中も脚も、すべてがヘドロ色に染まっていた。その様を目《ま》の当たりにした麻美は、すぐさま気がふれたようにボディソープを体中に塗りたくった。ポンプから出すのがもどかしく、ディスペンサーを開けてボトルごと頭から流しかける。体の曲線を伝って、粘度のあるソープが生き物のように麻美の身体《からだ》を這《は》った。

「なんで……なんでなのっ……！」

体の中から感情を吐き出すように叫んで、指の先も、肘《ひじ》も、腰も、力任せに両手で全身を擦《こす》る。泡が立ち、皮膚の色が見えなくなり、それでも麻美は擦るのを止《や》めなかった。なぜこんなことになったのだろう。原因に全く心当たりがないばかりか、くすみどころではない惨状だ。もはや自分が泣いているのかどうかもわからないまま、麻美は泡まみれで言葉にならない声を上げていた。まさかこれも、悪い夢の続きだろうか。

ボディソープを一本使いきり、念入りに体を洗った麻美は、祈るように頭からシャワーを浴びた。温水が皮膚を露《あら》わにし、水と入り混じった泡が床を伝い排水口でさらに泡立つ。そして粗方《あらかた》のぬめりが落ちたところで、麻美は恐る恐る鏡を覗《のぞ》き込んだ。

「あ……」

曇りを拭ったそこに映っているのは、いつもと変わりない肌色の自分だった。少しやつれた頬も、コンプレックスの低い鼻も、小さめの胸も、三十年付き合ってきた自分の身体に相違ない。

安堵《あんど》の息を長く吐いて、麻美は泡だらけの床に座り込んだ。一体あの色は何だったのだろう。血色などの問題ではなかった気がする。見間違いにしては、やけにはっきりと認識できた。

もう一度自分の腕の色を確認して、麻美は立ち上がった。とにかく何事もないのなら、それに越したことはない。風呂場《ふろば》に置いた防水の時計は、午前三時すぎを指していた。早く眠らなければ、あと四時間後には出勤だ。

麻美はもう一度丹念に体を洗い流し、新しいパジャマに身を包んで、再び布団にもぐりこんだ。けれど、先ほどの恐怖が頭から離れず、なかなか寝付けない。

そしてようやく微睡《まどろ》んだ朝方、夢の中で麻美は、ついにあの正体のわからない何かに捕らわれ、首を締め上げられた。

きえろきえろきえろ、と、呪文《じゅもん》のように連呼されながら。


翌朝の出勤は、ひどく気が重いものだった。いつもなら、午前九時前にはデスクに座るようにしているのだが、今日だけはコアタイムに合わせて午前十時の出勤にした。午前中に重要な案件は入っていないため、スマートホンから会社のスケジュールシステムにアクセスしてその旨《むね》を書き込んでおけば、何の問題もない。

いつもより少しだけ余裕のある電車に乗り込み、麻美は早送りの映像のように流れていく車窓の景色をぼんやりと眺めた。バッグの中には、駅前のコンビニで購入したミネラルウォーターが入っている。眠ったのか眠っていないのかわからないような中で、確かに締められた首の息苦しさと喉の渇きだけが、明確な感覚として残っていた。

「あ、坂口マネージャー！」

麻美がフロアに顔を見せると、入口近くにいた秋本が血相を変えて駆け寄ってきた。

「どこにいらっしゃったんですか⁉」

「どこって……今日は十時の出勤にするって、スケジュールに……」

「マネージャー会議があるの、知らなかったんですか⁉」

こちらの言葉を遮るようにして秋本が口にし、麻美はその意味を理解するのに数秒を要した。

「携帯に何度かけてもつながらないし、部長からもマネージャー長からもガンガン内線入ってくるし、大変だったんですよ！」

腹の底から、何か冷たいものが這い上がってくる。

麻美は即座に自分のスマートホンを取り出し、いつの間にか十件以上たまっていた着歴を確認する。そしてスケジュールサイトを開き、自分の今日の午前の予定表には、何も書かれていないことを確認した。会議などの予定が入れば、一括管理で出席者の予定表に自動的に反映されるはずだ。

「どうして……」

麻美は愕然《がくぜん》としてつぶやいた。単なるシステム上のミスだろうか。しかしそれがあったとしても、会議などの予定は口頭でも伝えられるはずだ。だが麻美には、誰からもそういった話を聞いた記憶はない。伝言や、メモなども残っていなかったはずだ。

「今代わりに、岡田先輩が出席してます」

呆然《ぼうぜん》としている麻美に、秋本が告げる。

「……岡田くんが……？」

問い返した声は、掠《かす》れていた。

喉の奥に、ヒリつくような渇き。

「はい、部長から、そういう指示だったので」

少し気まずそうにする秋本の向こうで、他のメンバーがこちらを窺《うかが》っているのがわかった。興味本位の視線も、憐《あわ》れむような視線も、どこか愉快そうにする視線も、すべてが麻美の全身を舐《な》めまわしていく。

もはやその場に、麻美の味方など誰一人いないように思えた。

自分を奮い立たせながら午前中の仕事を何とかこなし、上司や他のマネージャー、そして岡田への謝罪を済ませ、麻美は昼休みに会社の外へ出た。いつもは社食で済ますのだが、今日ばかりは息が詰まった。どうして麻美のスケジュールにだけ会議の予定が反映されなかったのかは現在調査中で、上司曰《いわ》く、おそらくマネージャーという括《くく》りのグルーピングに抜けがあったのではないかということだった。一カ月前に異動してきた麻美だけが、マネージャーのグループから抜け落ちてしまっていたということだ。

「まぁ、仮にそういう事情なら仕方がないとはいえ、誰かから口頭で聞いたりしなかったのか？　月イチでマネージャー会議があることは知ってただろう？」

謝罪のために部屋を訪れた麻美に、上司はさすがに少し咎《とが》める口調で尋ねた。

「マネージャー会議の存在は知っていましたが、いつやるのかは連絡がくると聞いていたので……。誰かから、伝言されたような覚えもなくて……」

申し訳ありません、と麻美は頭を下げた。もうそれ以外、口にしようもない。上司は椅子《いす》の背もたれに体を預けて、息をついた。

「まぁ、今後は気を付けてくれよ。マネージャーのスケジュールはチーフの岡田もよく把握してるから、彼と連携を取るように」

「はい……」

「それから、営業部と一緒にやってるノベルティ作成の件だが」

確かそれは、栗原が抱えている案件ではなかったか。顔を上げた麻美に、上司は渋い表情をする。

「栗原が岡田に頼りっきりで、彼の方が仕事にならんらしい。坂口の方でもしっかりみてやってくれ。部下の仕事量を把握するのも、マネージャーの仕事だぞ」

その時麻美の中で、ぎりぎりまでなんとか踏みとどまっていたものが、一筋の亀裂《きれつ》を機に決壊したような気がしていた。


正午をまわった街は、一時仕事から解放された会社員たちで賑《にぎ》わっていた。定食屋の前にはスーツ姿の男性が並び、群れたOLたちが楽しそうに話しながら歩道を歩いていく。麻美は交差点の信号待ちでその光景を眺め、持ち出してきたミネラルウォーターを飲んだ。つい先日まで、自分もあんな風に楽しく会社員生活を送っていたはずなのに、どうして気付けば独りになっているのだろう。

「麻美ちゃん」

急に後ろから名を呼ばれ、麻美は現実に引き戻されてゆっくりと振り返った。

「あ、やっぱり麻美ちゃんだ」

そこには、オフィス街の景色にそぐわない派手なシャツを羽織った男が立っていた。

「……桐島、さん？」

ブルーレンズのサングラスと、黒のビーチサンダルが、彼を一層周囲の風景から異質に浮かび上がらせる。

「覚えててくれたんだ？ 嬉《うれ》しいね。こんなとこで会えるなんて運命感じない？」

昨夜と同じように飄々とした態度で、桐島は麻美の隣に並ぶ。と、同時に、信号が青へ変わった。

「ごめんなさい、私すぐ会社に戻らないといけないので」

どうして彼がここにいるのだろうと疑問に思いつつも、今の麻美にはそのことについて考える余裕がなかった。早く仕事に戻って名誉挽回《ばんかい》せねばと、そのことばかりが頭の中を支配していた。

「まーまーそう言わずに、飯でも一緒にどう？ 人間ゆとりも大事だよ」

「すみません、急ぐので」

「だって麻美ちゃん、すごい顔色してるよ」

雑踏の中で、その囁《ささや》くような声が妙に耳に残った。麻美は思わず足を止めて、隣の男を見上げる。

「よかったら、話聞くけど？」

そう言って、桐島が取り出した鏡。彼の掌《てのひら》に収まるほどの、古めかしい鏡。それに映った麻美の顔には、もはや見慣れた目鼻や口はどこにもなく、ただ黒い煙が顔面を覆い尽くしていた。

それは紛れもなく、夢に見る漆黒そのものだった。


どこをどう走ったのか、自分でも覚えていなかった。持っていたはずのペットボトルも、どこかで落としてきたようだ。とっくにパンプスのヒールは折れたので、転んだ拍子に脱ぎ捨ててきた。薄いパンスト越しに蹴《け》るアスファルトは固く、怪我《けが》をしかねないはずなのに、そんなことは今の麻美には重要ではなかった。

だってあれに捕まれば、殺されてしまう。

首を絞められるあの感触が、桐島に鏡を見せられた瞬間鮮明によみがえった。全身の毛穴が開くような恐怖に悲鳴をあげ、引き留めた彼を振り払ってからの記憶は曖昧《あいまい》だ。麻美はビルとビルの間の細い路地を抜け、呼吸すらままならない中を懸命に走った。逃げるあてなどない。ただ走らなければ、あれに追いつかれてしまう。そして今度こそ、夢ではないこの現実で、自分は縊《くび》り殺されるだろう。

「……けて……」

全身の感覚が鈍くなる一方で、喉の渇きだけは、はっきりとしていく。逃げなければと思うのに、大きな池に飛び込んで浴びるほど水を飲みたい衝動に駆られた。

「たすけて……」

乾いた口から漏れたその言葉も、満足に発音できなかった。もはや自分の体が、意思とは関係なしに暴走している。今の麻美には、溢れ出る涙の止め方すらわからなかった。

「——何から、逃げてるんです？」

わずかな段差に足を取られ、地面に叩《たた》きつけられた麻美の頭上から、憎らしいほどに冷静な声が降った。

「助けてと言うのなら、自分が今何から救って欲しいのかわかってますか？」

打ち捨てられた空き缶を軽く蹴飛ばして、埃《ほこり》をかぶった室外機の向こうから、彼が姿を見せた。陶器のような白い肌と、レンズの奥からこちらを見下ろす深海のような瞳。

「どう、して……」

荒い呼吸の合間に、麻美はそれだけを口にした。アクアショップの店員が、なぜこんなところにいるのだろう。なぜそんな台詞《せりふ》を吐くのだろう。

そしてなぜ、この青年を前に、自分の中に安堵と恐怖が入り混じるのだろう。

「いっそ問答無用で大禍津日神《おおまがつひのかみ》にご登場いただけるなら楽なんですが、そうもいかないんですよ。あなたが自覚してくれなくては、進まない」

織細な長い指で、彼は黒縁の眼鏡を抜き取る。露わになった彼の素顔は、こんな状況でも見惚《みと》れてしまうほどに艶《なま》めかしい。

「……なんの……こと……？」

話が見えず、麻美は掠れた声で尋ねた。もう起き上がる気力もない。そのうちに、近づいてきた足音が、二人が入り込んだ路地を一度通り過ぎ、引き返してきて立ち止まる。

「ま、麻美ちゃん、見かけによらず足速ぇな……」

肩で息をしながら現れたのは、桐島だった。

「遅いですよ」

彼を目に留めて、青年がその一言をわずかな苛立《いらだ》ちとともに吐き捨てた。

「これでも全力疾走したんだ。平成生まれの若者と一緒にすんな」

青年に向かって渋い顔をしておいて、桐島は倒れたままの麻美へ歩み寄る。

「あーあ、こんなところで転んじまって。足、血だらけじゃねぇか」

わけがわからぬまま、麻美は桐島の手で引き起こされた。埃っぽい地面に座り込んで呆然としている麻美がどうにか無事であることを確認すると、桐島は傍らに立つ青年へ、あの鏡を放り投げる。それを慣れたように片手で受け取って、青年は尋ねる。

「どこまで見たんですか？」

「たぶん、姿まで。まさかあんなに反応すると思わなかったよ。ここまで走られるとはね」

「あんなところで、不用意に接触するからですよ」

呆《あき》れ気味に言って、青年は再び麻美に目を向けた。妖艶《ようえん》な雰囲気を纏《まと》う彼に惹《ひ》きつけられてたまらないのに、なぜか同時にここから逃げ出したくなる。圧倒的な喉の渇きが、麻美から正常な判断能力を奪おうとしていた。

「喉が渇いてるんでしょう？」

麻美の心中を見透かすように、青年が口にした。

「人間の身体は、約六割から七割が水分でできています。その中に『濁った水』が生まれた場合、新しい水を飲んで排出しようとする症状が出ることがあります」

「濁った水……？」

問い返した麻美の前に、青年が膝《ひざ》を折って目線を合わせる。

「僕たちが穢《けが》れと呼ぶもの。それはいずれ成長して、大禍津日神になります」

ゆっくりとした手つきで鏡を掲げて、青年は告げた。

「あなたの罪が、形を得たものです」

――罪？

突き付けられた鏡は、日本史の資料などでよく見る銅鏡に似ていた。その鏡面に自分の顔を映され、麻美は無意識に体をのけぞらせる。またあれが、あの闇が追いかけてくる。自分の顔と身体を乗っ取り、息の根を止めようとしてくるあれが。

「大丈夫だ」

その場から逃げようとする麻美の後ろで、桐島がその腕を掴《つか》む。

「よく見ろ。麻美ちゃんがそんなに怖がる、あれの正体を」

「正体……」

諭され、麻美は恐る恐る銅鏡の中を覗き込む。艶《つや》やかに磨かれた表面に自分の顔が映ったかと思うと、それは波紋を受けるようにぐにゃりと歪《ゆが》んで、あの暗闇を呼んだ。そして次に映したのは、夜よりも深い闇の中を必死に走る麻美の姿だった。いつも夢で見ている光景を、第三者の視点から見ているような不思議な感覚だ。そのうちに麻美は何かに躓《つまず》いて転び、激しく抵抗する体の上に一塊の影が覆いかぶさった。その一部が麻美の細い首にまとわりつき、ぎりぎりと締め上げていく。

「やめて……」

銅鏡に向かって、麻美は思わず叫ぶ。

「やめて――！」

自分の首に感触がよみがえり、麻美は桐島の指を振りほどこうとして激しく手足をばたつかせた。どうしてこんなものを見続けなければいけないのか。

「よく見てください」

銅鏡越しに、青年が冷静な眼差《まなざ》しを向けてくる。

「首を、絞めているのは、誰ですか？」

一言ずつ区切った口調に、麻美は目を見開いた。胸の真ん中を、恐怖に似た物が貫いて、体が小刻みに震えはじめる。抵抗しようとしても、抗《あらが》えぬ力で目玉が動き、その銅鏡が映す光景を見せつける。

──首を、絞めているのは。

私の首を、絞めているのは……。

覆いかぶさっている影が、次第に色を帯びてくる。今まできちんと見ようともしなかったその正体が徐々に形を顕《あら》わにし、麻美の瞳孔《どうこう》に姿を刻んだ。

「首を……絞めているのは……」

見慣れた腕、見慣れた指、見慣れた輪郭。

ガチガチと歯が鳴りそうな震えの中で、麻美はそれの正体を口にする。

「──わたし」

そう口にした瞬間、麻美の周辺のアスファルトが何カ所か不自然に盛り上がり、そのひとつひとつを突き破って白い手が生まれた。地面から生えたそれは、狂おしげに動きながら麻美の足を捉《とら》え、掴み、指と爪《つめ》を食い込ませる。

「待って！　ねぇ待って！　どうして自分で自分を殺さなきゃいけないの⁉　私はできる限りのことをやって頑張ってきたのに！　どうしてそれが罪なの⁉」

喉が裂けるほどの声を振り絞って、麻美は叫んだ。立ち上がった青年が、相変わらず感情の読めないしんとした瞳で見下ろしている。

「そうですね、頑張ってきたのは本当でしょう。あなたは努力をした。それに見合う結果も残した。根は善人なんですよ。でも、だからこそ気付いていない」

銅鏡を持ったまま、青年は視線を落とした。つられてそちらに目をやると、先ほどまで地面から手だけが生えていたのに、今はそこから体が這い出している。そのうちの一体が麻美の膝に手をかけ、こちらの顔を凝視したまま、自分の顔を近づけるようにずるりと体を引きずった。狂気に見開かれた目と、絶望を与える微笑《ほほえ》みを浮かべて。

「私のことが、妬《ねた》ましかったんでしょう？」

そう問うてくるのは、紛れもなく栗原だった。

「若くてかわいくてスタイルがよくて、仕事が出来なくても男や上司にちやほやされて優しくされて、うまいこと世の中を渡っていくのが」

機械のように単調にしゃべりながら、栗原の顔は徐々に変化し、次第に麻美の顔へと変わっていく。

「だってわたしにはできないからわたしにはむりだからこびるなんてできないしいつだ

ってあいうこのしりぬぐいでおわるのくやしいくやしいくやしい」

さらに這い出した別の体が、今度は同期の莉子の顔をして足首を摑んだ。

「結婚して辞めたいって言いながらちゃっかり花形部署に居座って、リーダーまでやるなんて何様なの。私が残した仕事を引き継いだだけのくせになんであんたが評価されるの、って思っているんでしょう？」

見せつけられる光景に、麻美はただただ身動きすら取れずにいた。

「ほんとうはわたしがそこにいるはずだったわたしのかわりにあなたがいどうすればよかったどうしてどうしてどうして」

問い詰めるようににじり寄ったそれは、突然内部から破裂するようにして、水になって弾《はじ》けた。そしてそこには、あの水槽で見かけた一匹の青の魚がぐったりと横たわる。その気味が悪い光景に、麻美は思わず息を吞《の》んだ。しかし休む間もなく、地面にできた染《し》みから、別の顔をつけた体が這い出してくる。

ふりーのへんしゅうなんてずるいずるいずるいどうしてさきだけじゆうにいきるのおっともこどももいるくせにこれいじょうなにをのぞむのほんとうはわたしのことをみくだしているんでしょういつからいつからいつからいつから
じぶんのほうがしごとができるからわたしはいらないんでしょういいわねおとこはけっきょくおんなよりひょうかされるいつもいつもいつも

次から次へと這い出した体が水へと還《かえ》り、その数だけ魚の死骸《しがい》が転がった。呆然とすることしかできない麻美の前に、最後の体が地面から這いずり出る。

「こんなにがんばってるのにどうしてむくわれないの」

生まれ出た体は、最初から麻美と同じ顔をしていた。その白い手が、麻美の頬を狂おしく求めて伸ばされる。

「こんなにがんばってるのにどうしてだれもたすけてくれないの」

頬を捉えた白い手は、湿り気を帯び、まるで魚の鱗《うろこ》のようにざらついていた。そしてゆっくりと頬から顎を滑り、首元を這う。

「それならもう、いらないかなぁ」

妙に間延びした声で、地面から生まれた麻美は口にする。

「こんなじぶんはいらないかなぁ」

声にならない悲鳴が、もはや立ち上がることもできない麻美の口から漏れた。だが、自分たち以外誰もこの路地に立ち入ってはこない。助けなど期待できるはずもなかった。

「……弱って隔離された魚を、あなたは憐れんでたんじゃない」

地面に転がった魚の死骸に目をやって、青年がぽつりと口にした。

「傷ついたことに気付いてもらえて、優しくしてもらえて、救ってもらえて——羨《うらや》ましかったんだ」

誰も。

誰も気付いてくれなかったから。

こんなに頑張っているのに。苦しんでもがいて精一杯手を伸ばしているのに。

自分の首にかかった白い手を、麻美は震える手で摑んだ。

「……そうよ、そう思ってたの」

心の奥底に封じ込めていたものを、何もかも目の前にさらされた。自分ではうまくやれていると思っていたのに、知らない間に肥大していた濁った想《おも》い。傷ついた魚にすら自らを重ねて。

「周りに嫉妬《しっと》して、でもそれを悟られるのが嫌で気にしないふりをして……」

それが無意味なこともわかっていたし、きりがないこともわかっていた、他人と比べることでしか自分の価値を確かめられないことに、うんざりもしていた。けれどどうしても考えてしまう。もしも私があの人ならば、と。その妄想は知らぬ間に育って、現実の自分を否定し続けるほどに。

「どうがんばっても理想に追いつけない自分を、殺そうとしたのは私よ！」

腹の底から振り絞った声に、首に手をかけていた体が弾けた。と、同時に、麻美の体から怒濤《どとう》のような勢いで黒い靄が立ち上る。

「確かに、聞き届けました」

銅鏡を持った青年が、淡々と口にした。そこに、何の感情も乗ってはいない。

ビルの谷間に溢れ出た闇は、上空へと噴き出しながらとぐろを巻いてうねった。龍《りゅう》か大蛇か、いずれにせよ意思を持った生き物が体をくねらせているように見える。

「結構でかいな」

気を失った麻美を抱き止め、シャツの裾《すそ》をはためかせながら、桐島がそれを見上げてぼやく。すでに靄は完全に麻美から離れ、雨雲のように漂い、空を覆っていた。そこに銅鏡を向け、青年は誘うように囁く。

「その大禍津日神、加加呑《かかの》もう」

一瞬の、空白。

上空の靄から、触手を思わせる細い筋が勢いよく何本も降りてきたかと思うと、そのすべてが青年の手にした銅鏡に吸い込まれていく。あまりの風圧に、桐島は麻美を庇《かば》いつつ自分の顔の前に手をやった。巻きあがった埃や砂が、容赦なく体を叩いていく。

やがて上空の靄をすべて銅鏡が吸収すると、辺りは唐突に静まり返った。そこにはもう、弾け飛んだ水の染みも、魚の死骸も、アスファルトの亀裂すらない。ただ青年が手にした銅鏡の表面から、ドライアイスの煙のように、黒い靄がわずかに湧《わ》き立っている。

「……碧《あお》」

銅鏡をしばらくの間眺めていた青年の名を、桐島は呼んだ。その先に何という言葉を続けようと思ったのかは、正直わからない。

桐島を一瞥《いちべつ》した後、碧は銅鏡を盃《さかずき》のごとく両手で持ち替えると、戸惑うことなくその縁に口をつける。そしてそのまま、吸い込んだ大禍津日神と呼ぶ黒い靄を口内へと注ぎ、喉を鳴らすこともなく呑み込んだ。


「麻美ー！」

七月下旬、梅雨も明け、東京の空がいよいよ夏に彩られる頃、麻美は最後の挨拶《あいさつ》を終えて会社を出るところだった。

「莉子！」

同期の友人が、こちらに向かってロビーを駆けてくる。まだ終業時間には少し早いので、仕事を抜けてきたのだろう。今月末で辞めることは伝えてあったし、今日もメールのやり取りをしたはずなのだが、こうして見送りに来るあたり、変なところで律儀《りちぎ》な彼女らしい。

「本当に最後なんだね、なんか信じられない」

すでに部内での送別会などは先月に済ませ、麻美は今月いっぱい有休を消化していた。

引き継ぎのために何度か出社はしたが、今日がその最終日となる。

目の前の同期をしんみりと眺めて、莉子が小さく息をついた。

「でも、麻美が決めた夢だもんね。私は応援する」

遡《さかのぼ》ること三ヵ月ほど前、麻美は昼休みに外へ出た際、交差点の真ん中で突然倒れたらしい。らしい、というのは、麻美自身にその時の記憶が全くないからだ。気がつくと病院のベッドに寝かされていて、なぜだか足の裏を何ヵ所も切る怪我をしており、さらに後日の検査で免疫力《めんえきりょく》の低下や、腎臓《じんぞう》の数値の悪さに伴い、過労を指摘された。しかしその反面、見舞いに来た上司や部下からは、今の方が倒れる前より元気に見えると言われ、実際麻美の心の内は、まるで大きな汚《けが》れが拭い去られたように妙に晴れ渡っていた。

不本意ながら命じられた安静の中で、麻美はこのまま仕事を続けることがいいのかどうかを繰り返し考えていた。明日死ぬかもしれないと思えば、ここで働き続けることが果たして正しいのかどうか確信が持てなくなり、同時にぼんやりと抱くだけだった海外留学の夢が徐々に頭をもたげはじめた。そして結局、麻美はそちらの夢を選んだのだ。

「ありがとう。あ、海外赴任になった時は連絡してよ、絶対遊びに行く」

麻美はそんな軽口を言って笑う。莉子は相変わらず寿《ことぶき》退社が夢だと言いながら、なんだかんだと後輩に頼りにされる先輩をやっている。そのうち辞めたいと言っても辞めさせてもらえないあたりまで、登り詰めるのかも知れない。

「あー、でもなんか元気になったみたいで安心した」

麻美の顔を見ながら、莉子がそんな言葉とともに微笑んだ。

「倒れる前の麻美、ひどい顔色してたもん。夢見が悪いって言ってたし、いろいろ疲れが溜《た》まってたんだろうね」

「夢……？」

一体何のことかと、麻美は首を傾《かし》げた。そんな話をしたような気もするが、はっきりと思い出せない。彼女に相談するほど、何か悪い夢を見ていただろうか。

「忘れてるならもういいよ。麻美の心の健康が一番だから」

そう言って、莉子はしみじみと麻美の両肩に手を置く。心地よい重さとぬくもりが、薄いジャケット越しに伝わった。

入社以来ずっと傍にいた同期の顔を見つめ返して、麻美は苦笑する。

「……私ね、正直言うと、莉子のこと少し羨ましかった」

何の気負いもなく、するりと口から出てきた言葉は、以前の自分ならば到底口にできなかったかもしれない。

「なんで私が広報部へ異動になって、莉子が海外事業部に残ったんだろうって。でもよく考えたら当然なんだよ。莉子はプロジェクトリーダーを任されて、私は任されなかった。つまり単なる実力不足。笑っちゃうよね」

「麻美……」

「でももういいの。それがわかったからこそ、踏ん切りがついたし」

麻美は明るく言うと、入社以来八年通ったロビーを見渡した。大理石調の床と高い天井のここに足を踏み入れるたび、いつかこの会社で胸を張って大きな仕事ができるようになろうと決意した、あの頃が懐《なつ》かしい。退社の手続きもすでに完了しているので、もうこのビルを訪れることもないだろう。

莉子と別れの挨拶をして、麻美はビルの外に出る。途端に刺すような日差しが降り注ぎ、タイル張りの歩道に濃紺の影を映した。駅へ向かう途中、あのアクアショップを覗いてみたが、時間の早い今日はまだ準備中の札がかかっている。実は退院してからも、会社帰りに何度かここへ寄ってみたのだが、あの黒縁の眼鏡の青年は麻美が入院している何日かの間に辞めてしまったらしく、以来ここで彼を見かけることはなかった。

「……あ」

再び歩き出そうとした麻美は、入口横の水槽が入れ替わっていることに気付いてもう一度足を止めた。この前まではルリスズメダイだけが入れられていたはずだが、今は何種類かの魚が混泳している。その中に、あの尾びれが破れたルリスズメダイの姿を見つけて、麻美はしばらくそれを目で追い続けた。隔離されていた時よりも、体の色が鮮やかになった気がする。時折少し大きめの黄色い魚と寄り添って泳いだりして、調子は良さそうだ。

「……よかったね」

なんだか妙に思い入れを持ってしまったルリスズメダイに小さく囁きかけ、やがて麻美は歩き出した。

街路樹の影が躍る歩道を、しっかりと踏みしめるようにして。

終

麻美が新宿の街を歩いている頃、二人の男が都庁の展望室から東京の街を見下ろしていた。

「あの魚屋のバイト、続けりゃよかったのに。結構真面目《まじめ》に働いてたじゃねぇか」

派手な赤の模様のアロハシャツに、ようやく季節が追い付いたビーチサンダルを引っ掛け、ブルーレンズのサングラスをかけたまま、桐島は隣にいる青年に目を向けた。その視線を受けて、碧が彫刻のように整った顔を呆れ気味に歪める。

「魚屋って……、別に鯖《さば》とか売ってたわけじゃないんですよ。もう少し言い方があるでしょう」

広い展望室は、日本人よりも海外からの旅行客が多く訪れていた。周囲では無秩序に外国語が飛び交い、ここがどこの国なのかわからなくなってしまう一瞬がある。

「そもそもあのバイトは、濁《にご》り人《びと》と接触するためだけに始めたものですから。それに、よりによって僕が魚を売るなんて悪趣味ですし」

碧は窓の外に目を戻して、薄く笑った。

「人間の罪穢《つみけがれ》である大禍津日神を呑み続けなければ、いずれ銀灰色の皮膚が全身を覆《おお》い、魚へと還る……。バカバカしい呪《のろ》いだと思いませんか？　陸《おか》に上がった先祖のせいで、その子孫までもが巻き添えを食ってる。人として生まれたはずなのに、人であり続けるために、こんなことを繰り返さないといけないなんて」

かつて海府の女神に仕えた神魚の末裔《まつえい》は、そう忌々《いまいま》しげに吐き出した。

「……僕がやっているのは、人助けではありません」

ぽつりとつぶやいた彼の声は、どこか虚《うつ》ろに響いた。

「人間なんて生きている限り、いくらでも罪穢を生みます。あのＯＬだってそうです。今はちょっとした清々《すがすが》しさを覚えていても、根本的な性格が変わるわけじゃありません。このまま彼女が自分の中に溜まる濁りに気づかないでいれば、またいつか、大禍津日神は彼女に宿るでしょう」

宿主《やどぬし》から分離する際、大禍津日神は自らが生まれた過程の記憶と、加加呑む者に祓《はら》われたという記憶を持って行ってしまう。そのため本人には、自分の中に大禍津日神という穢れが生まれた認識すら残っていない。結局穢れを根本的に祓うには、本人の自覚と内省以外道はないのだ。だからこそ碧は、自らを救世主ではないと自嘲《じちょう》する。

「……前から思ってたんだけどよー」

桐島は、再び夏の陽が降り注ぐ外へと視線を滑らせる。

「大禍津日神って、どんな味？」

その問いかけに、碧が眉《まゆ》をひそめてちらりと桐島に目を向けた。普段の彼は眼鏡を必要とせず、視力も悪くはない。

「おいしいよ、とでも言えば満足ですか？」

棘《とげ》のある口調だったが、自分よりひとまわり年下の彼に邪険にされるのは、今に始まったことではない。桐島は気にも留めず続ける。

「だって気になるだろ。俺は一生呑むことがないし、お前だって好きで呑んでるわけじゃない。でもどうせ呑むんだったらうまい方がいいだろ」

桐島はジーンズのポケットから煙草《たばこ》を取り出そうとして、ここが禁煙であることに気付き、再び煙草をポケットにねじ込んだ。その様子を眺めて、碧は窓の外へと視線を移しながら短く息を吐く。

「大禍津日神とはいえ、正体は人間の罪穢ですから。……それなりの味がします」

「だからどんな？」

「うるさいな。説明が難しいんですよ」

子どもっぽい苛立ちを見せる碧に、桐島は肩をすくめて、日射《ひざ》しにさらされる新宿のビル群を眺めた。

「しかし因果な運命だよな。自分が何かやったわけでもないのに、そんなうまいのかまずいのかわかんねぇもんを、呑み続けなきゃいけないってのも」

桐島は、傍らに立つ青年にこっそりと目を向けた。硬質な白い頬は、初めて会った時から変わらない。その美しくも儚《はかな》い様は、彼の宿命を静かに物語る。人間が知らず知らずのうちに目を逸《そ》らしているいくつもの闇《やみ》と、彼は独り対峙《たいじ》することを強いられているのだ。

——いつか。

いつかその先に、希望はあるのか。

そんな疑問すら、口にすることを憚《はばか》られる息苦しさとともに。

「……時々、自分が何者かわからなくなるときがあるんです」

鈍色《にびいろ》の摩天楼に向かって、碧がぽつりと吐き出した。

「本当に自分は人間なのか、大禍津日神を呑む前にいつも問うんです。人でもない魚でもない化生《けしょう》になりさがったんじゃないかと、心の在《あ》り処《か》がわからなくなって……」

魚でありながら魚でなく、人でありながら人でない者。彼はその狭間を、不安定に漂っている。桐島はジーンズのポケットに指を引っ掛けたまま、しばらく言葉を探していたが、やがてあきらめて息をついた。そんな短時間の思慮で見つかる答えに、何の意味があるだろうか。

「コーヒーでも飲むか？」

そんなことを言って踵《きびす》を返し、ついでのように碧の右肩を叩く。

「安心しろ、お前は人間だよ」

想像しても推し量ってもわからないなら、今自分の目に映るものだけを信じればいいと思う。単純だと言われようと、それ以上の術《すべ》を桐島は持っていない。

碧は叩かれた肩にゆっくりと手をやり、無言のまま東京の街を見下ろしていた。そしておもむろに振り返り、喫茶ルームへとビーチサンダルを引きずって歩く、アロハシャツの背中を追いかけた。

二章　直毘《ナオビ》ノ風

序

その行きずりの猫は、薄汚れた頭を戯《たわむ》れに撫《な》でてやると嬉《うれ》しそうに笑った。

猫を相手に笑ったなどというのはおかしな表現かもしれないが、少なくとも碧の目にはそのように映った。茶色い縞《しま》模様の体に掌《てのひら》を添わしてやれば、グルグルと喉《のど》を鳴らす。頰を掻《か》いてやると、さらにねだるように顔を押し付けた。

「いやー悪い悪い、いつもの銘柄売切れててさー」

傍らのコンビニから待ち人が顔を出し、碧は猫を撫でる手を止めた。すると猫は急に冷めた目をして、その場を立ち去ってしまう。もうお前に用はないと言わんばかりに。

「なんだ、猫と遊んでたのか」

煙草《たばこ》のついでに購入した缶コーヒーを碧へと差し出しながら、桐島という男はサングラスの奥で笑った。最近知り合ったばかりの、胡散臭《うさんくさ》い三十路《みそじ》男だ。

「いいえ、ただの利害関係の一致です」

尻尾《しっぽ》を揺らして立ち去る猫の後姿を見送って、碧は立ち上がる。

「……実家の島は猫がいなかったので、ちょっと珍しいんです」

脳裏をよぎったその風景は、決して懐《なつ》かしさだけを思い起こさせるものではない。

「猫は魚を、食べますから」

無意識に手をやった右肩の向こうで桐島がどんな顔をしていたか、碧には見えなかった。もう、一年前のことだ。

一、

「……仕事を紹介してもらったことは、感謝してる」

八月某日、春に出会ったOLの穢《けが》れを祓《はら》ってから三カ月ほどが経過していた。桐島はかつての勤め先である神楽坂《かぐらざか》の出版社からほど近い大学のキャンパスで、午前十時から女性向けファッション誌『Load』に掲載する写真撮影をしているところだった。本来であれば専属のカメラマンが撮影を担当するはずだったのだが、体調を崩してしまったということで、急遽《きゅうきょ》元社員だった桐島に声がかかったのだ。

「ありがとうございます。私、桐島さんだから紹介したんですよ」

桐島の隣で、以前同じ部署で女性向けのカルチャー誌を作っていた松井が、生真面目《きまじめ》な顔でこちらを見上げた。

「見た目はチンピラかヒモみたいですけど、腕がいいことと、フリーになったせいで万年金欠なことは知ってるんで」

「お前文庫編集部に異動したんだろ？　撮影に出張ってくる必要なくない？　あと今言ったのほとんど悪口だからな？」

二十四歳の時、大学時代世話になった教授のコネを使って、新朝出版に契約社員のカメラマンとして滑り込んだ桐島は、カルチャー誌や芸術系のビジュアル誌など、多くの雑誌に関わって仕事をしていた。退社してからも気安い関係が続いており、今でもこんなふうに仕事をもらうことがある。フリーのカメラマンといえば聞こえはいいが、実態はその日暮らしの危うさと紙一重だ。当然だが、仕事がなければ収入はない。よって今回のような仕事は非常にありがたいのだ。たとえそれが、朝イチの電話で叩《たた》き起こされ、呼び出された案件だったとしても。

「俺が呼んだんですよ。現役大学生モデルの企画で大雅《たいが》くんを推してくれたのも、桐島さんに頼もうって言ったのも松井さんですし」

今回の企画を担当している『Load』編集部の川原が、スケジュール表から顔を上げて苦笑した。それを聞いて、桐島は再び松井に胡乱《うろん》な目を向ける。

「読めたぞ松井。俺だったら社員じゃないから小言も言われないし、気兼ねなくイケメン見学に来られると思ったんだろ」

　その指摘に、松井はわざとらしく目を逸《そ》らした。

　桐島の三年後に入社した彼女は、そつなく仕事をこなす有能な社員で、上司からの信頼も厚い。しかしプライベートでは、給料のほとんどを観劇等に突っ込んでいる。中でも若い舞台俳優やモデルの卵などに詳しく、ブレイクする前の彼らを応援するのが好きなのだと言う。だからこそ、川原は彼女に相談をしたのだろう。

「だって大雅くんをこんな間近で見られるとか、こんな機会そうそうないですよ!? 貴重な癒《いや》しの泉が間近にありながら、そこに立ち寄らないなんてありえないじゃないですか！」

　声を潜めつつも興奮を隠せない松井の向こうでは、現役早大二年生でありながらモデルの仕事もこなす伊吹《いぶき》大雅が、同行しているスタイリストに汗を押さえてもらっていた。百九十センチ近い身長と、大きな二重の目に鼻筋の通った精悍《せいかん》な顔立ち。子供の頃から剣道を続けているというだけあって、Tシャツ越しにもわかる引き締まった筋肉質の身体《からだ》。そしてはきはきと挨拶《あいさつ》ができ、おまけに若者らしいさわやかな笑顔も見せてくれるのだから、松井が興奮するのもわからなくはない。

「まぁ確かに、撮ってる方も目の保養にはなるな……」

　どうせ撮るなら、被写体は美しい方がいいに決まっている。再びカメラの前に立つ彼を見ながら、桐島はぼやいた。同時に、脳裏を物憂《ものう》げな目をした美青年の顔がよぎる。確か目の前の彼と同い年で、どちらもイケメンに属するが、あまりにもタイプが違いすぎて比較対象にならない気がした。

「はーい、じゃあちょっと暑いけど、頑張って今日の分ちゃちゃっと終わらせようか」

桐島は仕事用の頭に切り替えて、ファインダーを覗《のぞ》く。その向こうで大雅が、よろしくお願いします！　と大きな声で口にして、真《ま》っ直《す》ぐな目を向けてくる。

桐島の耳に、尊い……とつぶやく松井の声が聞こえたような気がした。

昼過ぎに撮影を終えて、せっかくなので一緒に食事でもと、桐島たちは大雅を交えて編集部近くのファミリーレストランに入った。駅に近いこともあって混雑しがちだが、ランチタイムから少しずれていたのが幸いしたのか、意外とすぐに席へと案内された。

「まさか言い出しっぺの松井さんが、編集部に呼び戻されるとか笑えますね」

それぞれが食事を終えて、食後のコーヒーを飲んでいるところで、川原が思い出したように口にした。

「文庫編集部のくせに来るからだろ」

「校了近いらしいです」

「何やってんだあいつ」

大雅くんと一緒に食事に行きましょう！　と鼻息荒く提案したのは彼女だったが、結局入店すら叶《かな》わなかった。神様は弄《もてあそ》ぶポイントをよくわかっている。

「ごめんね大雅くん、変な人が撮影についてきて」

桐島が口にすると、若者らしい食欲でハンバーグランチを完食した大雅は、とんでもないですと首を振った。

「松井さんみたいに応援してくれる人って、本当にありがたいんですよ。俺もう少しお話ししてみたかったです」

そう言う大雅に後光が差した気がして、桐島はわざとらしく目頭を押さえる。実は今日使えなかった武道場で明日も撮影の予定なのだが、おそらく松井は仕事の合間を縫ってまた現れるだろう。しかし調子に乗るといけないので、今の言葉は胸にしまっておく。

「本当に大雅くんはいい子だよね。うちの新入社員と取り換えてほしいくらい」

川原が露骨にため息をついて、アイスコーヒーを飲む。

「編集部って、学歴は高いのに変な奴《やつ》多いよな」

「挨拶できないとか、よりによって一番まずい言い方しちゃうとか、ザラにいますね」

「その点写真部はわりと平和だったぞ。羨《うらや》ましいか」

「すごく！」

そんな社員と元社員のじゃれ合いを訊《き》いていた大雅が、意外そうな顔で口を開いた。

「桐島さんって、新朝の社員だったんですか？」

ドリンクバーから取ってきたアイスコーヒーは、その場で豆を挽《ひ》くので意外と香りがいい。桐島はグラスに付着する水滴を気にしながら、ストローでかき混ぜた。

「そう。松井とは元同僚。今でもちょいちょい連絡とってるから、今回の仕事もそのツテでね。まぁ都合のいい代打だよ」

そこまで話したところで、川原のスマートホンが着信を知らせ、二人に断って席を立つ。松井の一年後輩である彼も、忙しいことに変わりはない。

「なんで新朝辞めたんですか？　出版社なんて人気高いのに。俺の友達でも目指してる奴いっぱいいますよ」

気を遣って店を出て行く川原の背中を見送り、大雅が少し遠慮がちに尋ねた。

「大学生に言われるとリアルだな。確かにあそこに新卒で入ろうと思ったら、結構難しいよね。特にカメラマンなんて社員の募集自体滅多にないし、俺も中途採用の契約社員だったから……」

自分の言葉で過去のことを思い出した桐島は、言いかけた次の言葉を見失う。大学卒業後、世界を撮りたいという若さゆえの無謀さで海外へ出ていき、二年後に帰国してから新朝出版へ滑り込んだのだ。仕事にも人にも、恵まれた会社員時代を過ごした。今でもそこにいれば、少なくとも金には困っていなかっただろうと考えることもある。

「ま、いろいろあってさ。フリーの方が気が楽なんだよ」

強引に結論付けて、桐島はへらへらと笑った。過去のことを思い出話として語るには、まだ時間が足りない。退職を決めた当時、自分がどうやって生きていたか、今となっては記憶も曖昧《あいまい》だ。

「すみません、俺も編集部に戻らないといけなくなりました。なんか後輩がトラブってるみたいで」

やがて外から戻ってきた川原が、申し訳なさそうに苦い顔をする。

「コーヒーくらい飲んで行けよ。まだ半分も減ってないだろ」

「いや、なんか面倒くさそうなにおいがするんで、早めに戻ります。お二人はゆっくりしていってください。会計しときますし」

そう言って伝票を掴《つか》む川原に、大雅が慌《あわ》てて財布を取り出す。

「自分の分払います!」

「いいのいいの、経費で落ちるから気にしないで」

「でも……」

払う気など微塵《みじん》もなかった桐島は、そのやり取りを興味深く眺める。伊吹大雅とは、つくづく気持ちのいい青年だ。結局彼が折れることになったが、ごちそうさまですと言って頭を下げることを忘れなかった。経費とはいえ、川原もさぞ気分よく会計できるだろう。

「それじゃあ大雅くん、明日午後一時に武道場で。剣道着忘れないようにね」

「はい」

「桐島さん、寝坊しないでくださいね」

「えー、それはどうかなぁ」

わざと渋ってみせたが、川原は無視してレジに行ってしまった。あの無慈悲な対応は松井から習ったのだろうか。

「編集部の方って、やっぱりお忙しいんですね。俺も雑誌の撮影には何度か参加してますけど、校了前は家に帰れないって言ってるのを聞いたことがあります」

グラスを掴む大雅の手は無骨だが、爪《つめ》はきちんと短く整えられている。桐島は、このガタイのいい彼がチマチマと自分の爪を切っているところを想像した。

「まぁ、月刊とかの雑誌だとぼんやりしてる暇ないからねぇ。それより、どこの撮影だったの？　専属やってるんだっけ？　おじさん久しぶりに雑誌買っちゃうよ」

桐島の軽薄な物言いに、思わず大雅が笑う。

「専属ではないんです。頼まれたときにちょっと出るくらいで。元々は友達の代理だったんですよ。それが今に至ってるっていうか」

　はにかむ青年を、桐島は改めて見つめた。男らしいがっしりとした顎《あご》のラインや、はっきりした眉《まゆ》のせいで、口を閉じているときは少し厳《いか》つい印象に思える。しかし笑うと口角が上がり、急にあどけなくなるのだ。このギャップに、女性は堕《お》ちていくのかもしれない。

「専属にならないかって言われるでしょ？」

「確かに言われたことはありますけど……」

　桐島の追及に、大雅は苦笑する。

「下宿先が剣道の道場をやっていて、そこの手伝いもあるので、モデルの仕事ばかりやってられないんですよ。中途半端《はんぱ》なのも申し訳ないんで、もう辞めようかなって思ってるくらいで……」

「えー、もったいない！」

「俺くらいのモデルならいっぱいいますから」

　大雅は謙遜《けんそん》して、アイスコーヒーに口をつけた。真面目だな、と桐島は思う。二十歳など遊び盛りではないか。友人知人からいろいろなパーティや集まりへの誘いはあるはずが、口ぶりからおそらく剣道と下宿の手伝いを優先させているのだろう。容姿に恵まれ、礼儀正しく、思考も真っ当とは、大概の人間は潔《いさぎよ》く負けを認めるしかない。

「大雅くんがいっぱいいたら、世の中が平和になりそう……」

そうぼやいた桐島は、窓越しに店の前の歩道を歩く一人の青年に目を留めた。

無垢《むく》な黒髪と、八月の暑さなど感じさせない白い頬。育ちの良さを感じさせる、すっきりと伸びた背筋。まさかここで遭遇するとは思いもしなかったが、こんな人形めいた容姿の男には、一人しか心当たりがない。

「――碧⁉」

思わず窓の外に向かって呼びかける。大きくなってしまった声に、店内の客が数人桐島に目を向けた。同時に、窓の向こうでグレーのTシャツに白のシャツを羽織った彼がこちらを振り向いた。その顔は、間違いなく桐島の知る浪崎《なみさき》碧だ。しかし彼は窓越しに桐島と目を合わせつつも、一瞥《いちべつ》をくれただけで何事もなかったように歩調を緩めず歩き去ってしまう。

「あいつ……！」

野良犬《のらいぬ》に向ける視線の方が、まだ温《ぬく》もりがあるのではないか。

「大雅くん、ちょっとごめんね」

一言断ってから、桐島は席を立った。こんな態度をとられるのは今に始まったことではないが、一言言ってやらねばこちらの気も収まらない。

「目ぇ合ったのに無視すんな！　寂しいだろうが！」

桐島は入口の扉を出てすぐのところで、素知らぬふりで歩く碧の肩を捕まえる。強引に呼び止められた碧は、眉をわずかにひそめて桐島に目を向けた。

「別に無視はしてませんよ。いるな、とは思いました」

夏の日差しに額を晒《さら》しながら、碧はいけしゃあしゃあとそんな台詞《せりふ》を吐く。姿だけは文句のつけようもない一級品なのだが、彼の中身は随分捻《ね》じ曲がっている。おまけに知人に微笑《ほほえ》んで挨拶するとか、そういう愛想がとことん薄いのだ。桐島もよく指摘しているのだが、何と言われようと改善する気はないらしい。ひとまわり年の離れた自分を敬おうとする気持ちすら微塵も感じられず、むしろ時が経《た》つにつれひどくなっているような気さえしていた。今日知り合った伊吹大雅とは、まさに真逆の態度だ。

「いるなと思ったら、手くらい振れよ！」

「手を動かすほどのことじゃないと思ったので」

「三秒くらいで済むだろ！」

「僕の三秒をどう使おうが勝手でしょう？」

そう言って、碧は店の方に目を向ける。桐島もつられて振り向くと、ちょうど大雅が店から通りへと出てくるところだった。

「あ、大雅くん――……」

急に放置したことを謝ろうとした桐島は、大雅の鋭い眼光と、真一文字に結ばれた口元を見て、そんなに怒らせてしまっただろうかと躊躇《ちゅうちょ》する。しかし大雅の視線は、桐島ではなくその先へと注がれていた。

「……久しぶりだな、碧」

やがて大雅は、桐島が驚くほどの冷たい声でそう口にした。

戸惑う桐島を置き去りにして、眉ひとつ動かすことなく、碧がその名を呼ぶ。

「……大雅」

車道を走る自動車が、二人の間に熱風を煽《あお》って通り過ぎた。


立ち話も何だからと、桐島は二人を半ば強引に連れて店内へと引き返した。隣には、碧と並んで座ることを嫌がった大雅がいる。店内に戻ってきてから、彼はむっつりと黙って碧を睨《にら》んでいるだけだ。対して碧は、いつもの憂《うれ》い気な表情から変わらない。しかし一言も発しないのは彼も同じだ。桐島は空気の悪さに落ち着かず、煙草に火をつけた。碧の分の水を置いて、そそくさと去っていった店員の背中が恨めしい。

「碧、何か頼むか？」

見かねて尋ねたが、碧は窓の外に目を向けたままけだるそうに口を開く。

「いいえ、結構です」

「ドリンクバーあるぞ。それともケーキ食うか？」

「結構です」

「おい、せっかく桐島さんが気を遣ってくださってるのに、その態度はないだろ！」

そっけなく拒否をする碧に、大雅がテーブルに拳《こぶし》を置いて眦《まなじり》をきつくした。

「いいからいいから、こんな態度今に始まったことじゃないし」

大雅をなだめておいて、桐島は灰皿に煙草の灰を落とした。よくわからないが、大雅が碧のことを快く思っていないことだけは理解できる。

「桐島さんは、こいつとどういう知り合いなんですか？」

苛立《いらだ》ちを隠さないままの大雅に問われ、桐島は思わず目を瞠《みは》った。そしてどこまで話していいか迷って、碧に視線を向ける。しかし彼の方は、一切こちらと目を合わせる気はなさそうだ。強引に店内に引き込んだので、怒っているのかもしれない。

「いやー、いろいろあってね。ていうか、二人こそどういう関係？　友達……って感じじゃ、なさそうだけど……」

曖昧にぼかして、桐島は問い返す。その答えに、一瞬だけ逡巡《しゅんじゅん》した大雅より早く、碧が口を開いた。

「彼は、気吹戸主神《いぶきどぬしのかみ》の祝《ほうり》です」

聞き慣れない言葉に、桐島は眉をひそめる。

「ほうり？」

「祭祀《さいし》に従事する一族、現在ではいわゆる神職です。気吹戸主神は、祓いの神です」

「祓いの神……」

桐島は、隣に座る大雅に目を向ける。祓いというのは、桐島にとって必然的に碧を連想させる言葉だ。

「てことは……、大雅くんも、穢れを呑《の》んだりするってこと？」

そう尋ねた瞬間、大雅の双眼に激昂《げっこう》の色が走った。握りしめた拳に力が入るのがわかる。

「やめてください……！　俺の家は、こんな呪《のろ》われた一族とは違う。由緒《ゆいしょ》正しい、何ら恥じることのない表の祝です」

あふれそうになる怒りを無理やり抑え込む声色で、大雅は口にする。

「そ、そうなんだ。ごめん……」

すわ殴られるかと腰を浮かしそうになった桐島は、思わず両手を挙げて神妙に謝罪する。鍛えられた筋肉を纏《まと》った大雅と殴り合いになって、勝てる自信は微塵もない。

「桐島さんは、こいつがどんなことをしてるか知ってるんですか？」

自分を落ち着かせるように息を吐いて、大雅は碧へと苦々しく目を向けた。

「どんなことって……大禍津日神《おおまがつひのかみ》を呑んでること？」

つい三カ月ほど前も、その場面に立ち会ったばかりだ。

「でも祓ってるんだから、別に悪いことじゃ……」

「俺が気に入らないのはそのやり方です！」

桐島の言葉尻にかぶせて、大雅がこちらを振り向く。

「穢れなんて、人間なら誰でも持つものです。人生経験の中でそれを小さくできたり、または大きくしてしまったり、それでも抱えて、もがきながら生きていくのが人間なんです。なのにこいつは、その人が成長する機会すら奪うような祓いをする……！」

忌々《いまいま》しげに睨まれ、碧がようやく視線をこちらに向けた。相変わらず底の読めない、深海を思わせる目をしている。

「しょうがないでしょう。僕だって好きでやってるわけじゃない」

「大禍津日神になるのを待たずに呑む方法だってあるはずだろ？　お前のやり方は人を追い詰める。追い詰める癖に、きれいさっぱり忘れさせるから成長もしない！　それに何の意味があるんだよ！」

声が大きくなる大雅に、店内の客からちらちらと視線が投げられる。もとより、容姿が抜群にいい男が二人そろっているので、興味本位の視線もあったのだが。

「……大雅は、考えたことがあるんですか？」

やがて何か思案気にしていた碧が、ぽつりと尋ねた。

「どうして気吹戸主神の祝に生まれたのか、考えたことがあるんですか?」

その瞬間、大雅が今度こそ立ち上がった。獣のような眼光に、桐島は思わず息を呑む。

「……俺が、何も考えずに今まで生きてきたように見えるか……!?」

そう静かに吐き捨てると、大雅は失礼します、と律儀《りちぎ》に桐島へ頭を下げ、最後にもう一度碧をひと睨みしてから、店の出口へ向かった。

「大雅」

扉のノブに手をかけた直後、呼び止めるべきかと迷っていた桐島に代わって、碧が静かに彼を呼んだ。しかし大雅は、振り返ることなくそのまま店を出ていってしまった。

ありがとうございました、という店員の声だけが間抜けに響く。

「碧、あんな言い方しなくてもいいだろ……」

合皮のソファに座り直して、桐島は煙草をもみ消した。怒りを顕《あら》わにしてもきちんと一礼までして帰るあたり、さすが体育会系だ。

「疑問に思ったことを訊いただけですが」

碧は再び窓の外に目を向ける。

「え、お前今の本当に疑問だったから訊いたの?」

「そうですけど」

「いやいやいや、完全に嫌味だっただろ。大雅くんに能天気お疲れって言ったようなもんだぞ」

「言葉通りに受け取ればいいのに、どうして曲解するんですか」

やれやれと言わんばかりに、碧は短く息を吐く。まさかこいつは本気で言っているのかと、桐島はその横顔を見返した。悪気なく先ほどの言葉を口にしたのだとしたら、今までの自分に対してのぞんざいな扱いも、天然だったということなのだろうか。

「……いや、そんなわけない」

「なんですか？」

「なんでもない」

絶対にわかってやっていることもあるはずだ。桐島は淡い期待をさっさと打ち消して、薄くなったアイスコーヒーを飲んだ。

「で、結局お前と大雅くんは、神様繋《つな》がりの知り合いだって思っていいの？」

とっとと話題を変えることにして、桐島は尋ねた。

こちらにちらりと視線を向けて、碧が面倒くさそうに口を開く。

「雑にまとめると、そういうことです。気吹戸主神《いぶきどぬしのかみ》は、祓戸《はらえど》四神の一柱です。瀬織津比《せおりつひ》売《め》、速開都比売《はやあきつひめ》、気吹戸主神、速佐須良比売《はやさすらひめ》。この四柱を合わせて、祓戸大神《はらえどのおおかみ》と呼ぶ場合もあります。浪崎家は、太古に魚から人へと姿を変えた際、海府の女神である速開都比売からの怒りを買って、呪いを受けた者の末裔《まつえい》と言われています。対して伊吹家は、純粋に神を祀《まつ》っている善良な一族です。本来であれば接点はないのですが、明治時代頃から同じ祓戸四神にかかわる者としての交流が生まれたと聞いています。個人レベルでの行き来は、もっと以前からあったようですけど」

窓の外を、スーツのジャケットを脇《わき》に抱えて、サラリーマンが汗を拭《ぬぐ》いながら歩いていく。強い日差しのせいで、景色が白くかすんでいるようにも見えた。ガラス一枚を隔てて、違う世界がそこにはある。

「伊吹の一族は、気吹戸主神の祓いの風を召喚し、幣《へい》を使って神事をします。その時依頼者から飛んだ穢れの一部が、どうしても敷地の一角に溜《た》まってしまうんです。今までは数年に一回それを取る儀式をしていたのですが、時代がたつにつれ儀式を行えるほどの力を持つ者が産まれなくなり、以降は加加呑む者がそれを代行しています。僕も、今までに二回ほど呼ばれて行きました。それ以外にも親戚《しんせき》のような付き合いをしているので、必然的に大雅とも知り合いです」

淡々と語る碧の、伏せた睫《まつげ》毛の一本一本が、繊細な絹糸のようだった。

「彼はもともと、僕のことが嫌いなんですよ。すぐにあれこれ突っかかってくる。僕の方もどう接したらいいかわからなくて、よく怒らせてしまいます。だから今日もあえて無視しようとしたのに、どこかのおせっかいなおじさんが……」

「だ、だってそんなこと知るわけねぇだろ！」

氷点下の視線を向けられ、桐島は誤魔化すようにアイスコーヒーを飲んだ。そうか、あれはあえての無視だったのか、と納得しかけて、いやいやと否定する。碧の場合、たとえ桐島が一人でも同じ態度を取った可能性が高い。

「穢れに対する考え方は、人それぞれです。大雅の言い分もわからなくはないんですが、こちらも事情がありますから。正論ばかりを押し付けられても、息ができない」

珍しく少し不貞腐《ふてくさ》れたように、碧は口にした。

「前から訊きたかったんだけど、穢れって、具体的にどういうことをしたら溜まっていくもんなの？」

「……それ、今更聞くんですか？　というか、知らなかったんですか？」

冷たい上に刺さるような視線を向けられて、桐島は無意識に背筋を伸ばした。

「いやほら、確認っていうか！　すり合わせ？」

咄嗟《とっさ》によくわからない言い訳を口にして、桐島は目を泳がせる。碧と同い年の大雅には決して感じなかった、この圧倒的な威圧感は何だろう。

「神道《しんとう》で神に奏上する大祓詞《おおはらえのことば》の中で、人間の罪穢が二種類に分けられていることは知っていますよね？　神から授かった人の命を軽んじたり、五穀の生産を阻害し、神を祀る神聖な場所を汚《けが》すことなどの天津罪《あまつつみ》と、人倫に背き人に害のある行為を指す国津罪《くにつつみ》です」

碧の底知れない彩《いろ》の双眼に捉《とら》えられ、桐島は軽く息を呑んだ。

「僕が呑む穢れ、すなわち大禍津日神は、そういった行為に加え、誰かを強く羨んだり妬《ねた》んだりしても育ちます。だからこそ、まさかあの人がというような人が大禍津日神に育つほどの穢れを抱えていても、なんら不思議はありません。この説明、たぶん前にもしたと思いますけど」

最後の一言に、エアコンの冷風以上の薄ら寒いものを感じて、桐島は無意識に体を震わせる。

「聞いた……かも、しれない」

「かもしれない？」

「ああいや、聞いた！　聞いたよ！　たった今思い出した！」

桐島はごまかすように、ポケットから取り出した煙草を咥《くわ》えた。

突っ込むのも面倒になったのか、碧は無言でため息をつく。

「……自分にだって関係があることなのに、よくもそんないい加減に聞いていられますね」

店内を、流行のJポップが流れていた。よく耳にはするが、誰の何という曲なのか、桐島にはわからない。そういえば最近、じっくりと音楽を聴くことも減ったように思う。

耳には届いているはずなのだが、それは流れていく風景と等しい。

「……関係あるから、わかんねぇふりしてんのかもな」

大禍津日神とは、神とは名がつくものの、意思疎通《そつう》は困難な穢れの塊であること。そしてそんなものにさえ『神』の名を与えた人間のこと。碧と初めて会ったとき、そんな話を聞いたことを、桐島はようやく思い出していた。

火のついていない煙草を咥えたまま、桐島は自分のジーンズのポケットに収まっている銅鏡に触れる。

碧から預かっている、彼と自分を繋ぐもの。

「……というか、そっちこそどういう関係なんですか？」

思考に沈んでいた桐島に、碧がどこか言いにくそうにして切り出した。

「何が？」

「あなたと大雅ですよ。どう考えても、接点なんてなさそうなのに」

そう問うてくる碧を、桐島は改めて見つめる。そういえばその話をしていなかった。

「今日仕事で知り合った。大雅くんってモデルもしてるんだろ？　その関係」

「撮影ですか？」

「そうそう。いやー、結構人気あるみたいだな。俺の後輩がメロメロになってたわ。明日剣道してるところ撮らせてもらうんだけど、たぶんあいつまた来るんだろうな……」

むしろ明日のために、今日は甘んじて帰ったような気がしてならない。

「若者らしいさわやかさもあり、雄の魅力もあり、おまけに礼儀正しいとか、まぁ人気があるのもわかる気がするね。あんないい子久しぶりに会ったわ」

火をつけそびれた煙草を手に持ったまま、桐島はしみじみとファインダー越しに見た大雅の姿を思い浮かべる。そういえば彼が掲載されている雑誌を聞きそびれてしまった。松井に訊けばわかるだろうか。

「それはよかったですね。せいぜい親睦《しんぼく》を深めてください」

呆《あき》れた様子で、碧がおもむろに席を立つ。

「え、帰んの？　スイーツ食って行けよ」

「結構です。桐島さんは、ごゆっくりどうぞ」

まるでついてくるなと言わんばかりの捨て台詞を残して、碧は店を出ていった。心なしか、いつもより扉の開け閉めに勢いがあった気がする。

「なんだあいつ……」

結局一人残されてしまった桐島は、ソファに背を預けてため息とともに天井を仰いだ。

小学校五年生の夏休み、同い年の子がいるからと、大雅が父に連れられてやって来たのは、瀬戸内海に浮かぶ小さな島だった。お前もこれからお世話になるのだから、挨拶をしておきなさい。そう言われて、海辺に近い入母屋《いりもや》造りの大きな屋敷を訪ねた。

父が大人たちと話し込んでいる間、大雅はモミジやヤマボウシが植わっている広い庭を一人で歩いた。一体どれくらいの敷地があるのか、子どもの大雅には途方もなく広い森のように思えた。家の裏手は背の高い樫《かし》などが空を覆《おお》っていて、いよいよ鬱蒼《うっそう》としてくる。奥まった場所まで進んでいくと、枝葉に隠れて屋敷が見えなくなり、蟬《せみ》の声だけが響く光と影の世界がそこにあった。不意に心細くなって父の元へ帰ろうと、ハマボウの黄色い花と、かすかに聞こえる水音に導かれて歩いた先で、大雅は立ちすくむように足を止めた。

小さな泉のほとりで、三人の大人が跪《ひざまず》いている。その向こう、泉の中には、上半身を露《あら》わにした一人の少年がいた。禊《みそぎ》をしているのだろうと、神社の息子として生まれた大雅は幼心に悟った。少年の白く瑞々《みずみず》しい肌にはふさわしくない、青黒い斑《はん》が右肩にあるのを目にして、心臓が静かに跳ねる。見てはいけないものを見ているかもしれない罪悪感と、好奇心の狭間《はざま》で周囲の音が遠くなった。おもむろに体の向きを変えた彼の、水に濡《ぬ》れた前髪から垂れた雫《しずく》。それを無造作に掻き上げた腕の細さ。何と表現していいのかわからない初めての感情が、大雅に息を吸うことを忘れさせる。自分と同じくらいの年に見えるのに、ほの暗い海の底のような目がどこまでも大人びていた。

――だめだ、彼には敵《かな》わない。

何を競ったというわけでもないのに、総毛立つような圧倒的な敗北感があった。今すぐその場から逃げ出したいほどの恐ろしさだった。伝統ある伊吹の家に生まれ、神を祀る祝《ほうり》としての自覚を強いられてきたはずが、あの少年の憂いを帯びた美しさを前に、すべてが崩れ去った気がした。

後にその少年を改めて紹介され、今度から伊吹の屋祓《やばら》いの儀式には彼が来るのだと聞かされた時、大雅は言いしれない焦燥を幼い身に刻んだのだ。

怒りに任せて店を出てきた大雅は、そのままの勢いで三鷹《みたか》にある下宿先まで戻ってきた。八月の暑さが苛立ちに拍車をかけたが、駅からの道を黙々と歩くことで何とか消化したところだった。

「大雅にいちゃん！」

下連雀《しもれんじゃく》にある、大きな欅《けやき》の木が鳥居の脇で枝葉を広げている神社が、大雅の下宿先だ。通りを挟んだ向かいには小さな公園があり、そこで遊んでいた小学生が、大雅の姿を見つけて駆け寄ってきた。

「今度のお稽古《けいこ》も来る？　また遊んでよ！」

汗まみれになりながらも、幼い笑顔を向けてくるのは、神社に併設している武道場の剣道教室に通っている少年だった。時間が許す限り大雅も顔を出すので、懐いてくれる子どもたちは多い。

「稽古が終わってからな」

「絶対だよ？」

大雅に約束をさせておいて、少年はまた友人の元へと駆け出していく。束《つか》の間《ま》の涼風をもらった気がして、大雅は短く息をつき、神社へ続く石段を上がった。そして今まさに武道場から出てきた、装束姿の叔父の姿を見つける。

「ただいま戻りました」

その声に気付いて、大雅の父とよく似た顔立ちの叔父が笑みを浮かべた。

「おかえり。早かったね」

元々伊吹家は、三重に本家である神社がある。大雅はそこの長男であり、この神社は分家にあたる。進学のために上京することになった際、叔父の家に下宿することは決まっていたが、同居では息苦しいだろうと、大雅には敷地内の離れが与えられていた。誘われれば食事を共にすることもあるが、基本は独り暮らしと変わらない自炊生活だ。

「道場、五時までなら空いてるよ。好きに使いなさい」

「はい、ありがとうございます」

家賃も無料で、剣道の練習ができる道場も使い放題だが、その代わりに神社業務の手伝いは必須《ひっす》だ。しかし幼いころから父に仕込まれてきた大雅にとっては、本家から場所が移っただけで、やることはあまり変わらない。

大雅は神前で帰宅を報告し、社務所脇にある離れへ向かう。元は職員の休憩所として使われていたらしいが、社務所を新設して不要になったようだ。大雅が来るにあたって内部をリフォームしてもらったので、見た目は地味な平屋だが、水回りから壁紙に至るまで、新築のようになっている。二部屋あるがどちらも畳は真新しく、引っ越してきた当初は藺草《いぐさ》の香りが漂っていた。しかしあえてフローリングではなく畳を敷き直すあたりが、伊吹の家らしい。

蒸し暑い空気がこもる中、大雅は窓を開けた。もともと冷房は好きではないので、真夏でも扇風機だけで凌《しの》ぐことが多い。道場へ行く前に身を清める意味でも汗を流そうと、一度寝室に向かった大雅は、ふと本棚に目を留める。実家から持ってきた本に加え、ここ二年で買い集めたせいで随分手狭になってきた。子供のころから体が大きく、体力馬鹿《ばか》と言われることが癪《しゃく》で、本はよく読むようにしていたが、一番の理由は彼に負けたくなかったからだ。

「……昔から、いけ好かない奴だった」

いつか返そうと思ったまま、ずっと手元に置いてしまっているフランツ・カフカの短編集を、大雅は手に取る。文庫本の表紙は、持ち主の美貌《びぼう》を反映するような美しさを保ったままだ。しおりが挟んであるのは、ちょうど『流刑地《るけいち》にて』を読み終わったところだった。

高校三年生の時、伊吹の神社に溜まってしまった穢《けが》れを呑むため、碧がやって来た。五年前にも来たことがあったが、大人の付き添いなしに一人でやってきたのは今回が初めてだった。カフカの短編集は、その時彼が忘れていったものだ。そもそも大雅は、伊吹の家の儀式に浪崎家の人間を呼ぶことに不満を覚え、自分たちでやればよいと父親たちに訴え続けていた、しかしその儀式を執り行えるだけの力がある者がいないという至極現実的な理由で、大雅の主張は聞き入れられることがなかった。表の祝である伊吹が、陰の呪われし浪崎を頼ること。反発を覚える者は他にもいたが、誰も代替案を出すことができないでいた。同じく表の祝であった速佐須良比売を祀っていた一族も、今は力を失い、方々に離散したと聞く。

いつか伊吹も同じ道を辿《たど》るのだろうか。

そんな焦《あせ》りが、大雅の中で膨らみ始めていた。同時に、それは碧への羨望《せんぼう》と憎しみを強くする。あの時のことを思い出すたびに、自分の無力さを思い知るのだ。

本を再び棚に戻した大雅は、シャワーで汗を流した後で道着に着替え、道場へ向かった。幼児から入門できる少年・少女の部と、経験者も迎えている一般の部を設けている『伊吹館』は、一面の試合場を有する。建物自体は昭和の時代に建てられたものらしいが、床面だけを近年張り替えたので、内部は新しい印象だ。大雅は武神である建御雷之男神《たけみかずちのおのかみ》と経津主神《ふつぬしのかみ》を祀っている上座の神棚に挨拶をし、いつもは練習後に行う雑巾《ぞうきん》がけを先に始めた。自らの心に淀《よど》みがあるときは、作務《さむ》によってそれを祓《はら》うのが伊吹の教えだ。黙々と、ただ無心になるまで作業を繰り返す。それが人の役に立つことであればなおのこと良い。そう教えられて、ずっと育ってきたのだ。

しかしいくら拭い去ろうとしても、碧の顔が脳裏をちらついて離れない。

——どうして、呪われた方にだけ証拠があるんだ。

雑巾を持つ手を止めて、大雅は顎に垂れる汗を拭う。

一族の中に、代々女神の呪いの証拠である斑を宿す者を有する浪崎と違い、伊吹には神から預かったものは何もない。縁《えにし》を語る社伝や、それらしき神宝などはいくつかあるが、代替わりしてなお体に浮き出るような明確なものは何もないのだ。おまけに浪崎の大禍津日神を加加呑《かかの》むという力は、未《いま》だ衰えることがない。

「どうして、呪われた方にだけ……」

掠《かす》れた声で大雅は呻《うめ》く。道着の下を汗が流れていくのがわかった。窓の外から、子どもたちの声が聞こえる。荒い呼吸を繰り返して胸を押さえ、大雅はその場にうつぶせたまま目を閉じた。

「くそ……っ」

痛みを堪《こら》えるのにも似た息遣いで吐き捨てる。今日碧に会ったのは予想外だった。あの短時間でも、彼には気づかれてしまっただろうか。いくら作務を繰り返しても、消せない濁り。伊吹の人間であれば、ある程度の穢れを見分けることは可能だ。

だからこそ、この胸にある黒いものが何であるか、そんなことは自分が一番よくわかっていた。

一人取り残された昼過ぎのファミリーレストランで、桐島はとっくに空になったグラスを前に紫煙をくゆらせていた。そしておもむろに、ポケットから銅鏡を取り出す。日本史の資料集で発掘品として登場するあの銅鏡とほとんど同じような形ではあるが、緑《ろく》青色《しょういろ》ではなく、見た目は銀製品のような輝きを持ち、裏側には細かな彫り細工が施してある。碧曰《いわ》く、これは限られた一族のみが造ることができる鏡で、浪崎家に加加呑む者が生まれるごとに、新たに授けられるものだという。初代が持っていた鏡は、女神から呪いとともに与えられた神宝だという話もあるそうだ。その人の持つ罪穢を映し出し、大禍津日神を分離させ、加加呑む者へと注ぎ込む盃《さかずき》の役目をする。

そして同時に、保持することでその人の中の大禍津日神を眠らせておく効果もある。

桐島は忘れようもないあの日のことを思い出しながら、銅鏡を手の中で弄んだ。

一年前のちょうど今頃、突然目の前に現れた碧は、桐島の中に巨大な大禍津日神を指摘した。取り込まれなかったのが、逆に不思議なほどだと。

あなたは運がいい。

そう語る碧が、人間だと理解するのに少し時間がかかった。全《すべ》てをあきらめ、全てを放棄し、もはや空腹も苦痛も感じなくなった自分には、目の覚めるような美貌の彼が、まるであの世からの遣いのように思えたのだ。

「……忘れるわけには、いかないんだ」

その時の自分が口にした言葉を、桐島は繰り返す。

大禍津日神を分離させてしまえば、碧と接触した前後の記憶を含め、なぜ自分が大禍津日神を宿したのか、その原因すらも、すべて忘れてしまえる。そんな説明をした上で、碧は言った。

辛《つら》いことなど、忘れてしまえばいいじゃないですか。

しかし桐島は、朦朧《もうろう》としながらも拒絶したのだ。忘れるわけにはいかない、そうでないと、探せないからと。すると彼は、ではこれを持っていろと、彼のものとは別の銅鏡を手渡してきた。先代が使っていたものだと聞いているが、なぜそれを碧が持っていたのか、詳しいことは桐島にもよくわからない。ただこれを持っている限りは、大禍津日神が暴走することはないと彼は言う。代わりに、『濁り人』を呼び寄せる体質になることを覚悟しろとも言われた。それが、祓われることを拒否した桐島の処遇だった。

「あの頃は、今よりもうちょっとかわいげがあった気がするなぁ……」

碧は高校を卒業したばかりで、まだ少しあどけなさが残る顔はさらに中性的だった。細くしなやかな体がそれに拍車をかけ、精巧につくられた脆《もろ》いガラス細工のようにすら思えた。

碧曰く、大禍津日神を祓わなかった人間は、いずれ自壊する運命にあるという。ある者は自死を選び、ある者は他人を殺《あや》め、またある者は大禍津日神に飲み込まれて肉体ごと消え失《う》せたと。碧は自分に銅鏡を預けることで、世間の中に引き戻した。もしもあのまま放置されていたら、もうこの世にいなかった自覚はある。あの頃の自分は、死ぬことを望んではいなかったくせに、生きようとすることもできなかった。それを見過ごせなかった碧は、当時のことを若気の至りだとぼやくことがある。

過去のことを思い出しながら煙を吐いた桐島は、ふと疑問に思い至って瞬《まばた》きした。碧が最後に加加呑んだのは、五月頃だ。彼はだいたい二カ月に一回の『狩り』を目安としている。それ以上期間が空くと、彼の右肩に残る魚の痕跡《こんせき》が疼《うず》くらしい。しかし現在八月であることを考えると、狩りはいつもより遅れている。

穢れを呑むには、まずその穢れを持つ本人にそれを自覚させねばならず、春にターゲットとなったOLの場合は、かなり周到な方法で大禍津日神を誘導した。よって、ひとつの狩りが終われば次の準備に入るのが碧のやり方だ。

「……まぁ、毎回俺が付き合う必要もないけどよ……」

拗《す》ねるようにつぶやいて、桐島は短くなった煙草《たばこ》を灰皿でもみ消した。なんだかんだと彼に協力しているのは、自己満足だと言われればそれまでかもしれない。けれど桐島にしてみれば、これでも恩返しのつもりなのだ。

「ていうかあいつ、神楽坂で何してたんだ……?」

碧が一人暮らしをする部屋は、彼の通う大学にほど近い池袋の要町《かなめちょう》だ。飲食街からも少し離れたこの辺りに、彼の興味を引くようなものが何かあっただろうか。

二、

女神の御付《おんつき》。

浪崎家に産まれる赤子で、体の一部に銀灰の皮膚と青黒い斑がある者を、一族の人間はそう呼んだ。神代からの伝説をその身に宿す神子《かみご》として、また浪崎の家が確かに女神と繋がる血筋だと証明する手立てとして、それはそれは丁重に扱われるのだ。未だ昔の因習が残る浪崎家において、本家と傍系の区別なく『御付』は別格の位置づけとなり、すべての権力が集中する。碧も例に漏れず、お役目を担《にな》いし者として恥じぬよう、礼儀作法から浪崎家の歴史、日本神話に至るまで、ありとあらゆる教育を施された。生まれは分家だったが、今や碧は一族の筆頭となっている。

あなたは女神に選ばれたのだから。

右肩の斑は、とても高貴で光栄な印なのですよ。

大人たちは口々にそう言って、碧を褒めそやした。名誉なことだとおだて、傅《かしず》いてみせる。幼いころからそんな大人に囲まれて育った碧は、いつしか自然と悟った。

大人たちがひた隠しにする、斑を受けたのが我が子でなくて良かったという安堵《あんど》を。

——僕が気付いていないとでも、思っていたんですか？

「相変わらず、体温が低いね」

自宅の浴室で、水を張った浴槽に身を沈めながら、碧は固く閉じていた瞼《まぶた》を薄《う》っすらと開いた。

「水風呂《ぶろ》に浸《つ》かってるせいかな。あとでちゃんと計らないと」

碧の持ち上げた右手首で、縁なしの眼鏡をかけた白衣姿の男が、どこか楽し気に脈を取っている。男のくせにスキンケアを怠らない柔らかな指先が、碧にほのかな温かさを伝えていた。

「気分はどう？　少しは良くなった？」

「……どうですかね。あまり変わらない気もします」

碧は浴槽の底に左手をついて体を起こした。右肩の斑が引き攣《つ》れるような感覚がする。

こんな日は水に浸かっていると幾分楽になるのだが、今日はどうも調子が悪い。新しい穢れを呑めと、急《せ》かしているのだ。

「それは困ったね」

白衣の男は随分にこやかに口にすると、脈を取っていた指で、碧の腕の内側を不意に脇の方へと撫《な》で上げた。

「あ、鳥肌がたった」

反応を楽しむ男に、碧は呆れて拒絶する。

「やめてください」

「えー、涼《りょう》ならもっと乗ってくれるよ？」

「涼兄さんはノリが良すぎるんです」

碧のかかりつけの医者である彼は天底律《あまぞこりつ》という名で、普段新宿の雑居ビルでいわくつきの患者ばかりを相手にしている。年齢は三十代半ばで、初対面でだいたいの人間が優しそうな人だと評する印象を与える男だ。何も聞かなければ、そのようないかがわしい商売をしている人物には見えない。しかしそんな彼だからこそ、碧は異形の斑を有する自分の身体《からだ》を見せられるのだ。

「じゃあ背中なら触っていい？」

律の指が背中にまわりそうになるのを、碧は身をよじって避けた。

「だめです。これだからあまり呼びたくないんですよ」

碧は露骨にうんざりした目を向ける。しかし当の本人はまったく堪《こた》えている様子はなく、いつもの柔和な笑みをたたえて面白そうにこちらを見つめているだけだ。

「ところでさっきからスマホが鳴ってるよ。俺が返事しといてあげようか？」

先ほどから洗面所で、メッセージの着信音が鳴っているのは気づいていた。しかし五度目を聞いたあたりで、数えるのをやめた。これほどしつこい相手は一人しか心当たりがない。昼間に会ったというのに、まだ何か用だろうか。

「余計なことはしなくていいです。あとは風呂を出てからの診察にしてください」

「もうちょっと遊ぼうよ」

「遊ぶために呼んだわけじゃありません」

渋る律を早々に浴室から追い出して、碧は長いため息をついた。俯《うつむ》いた前髪から、雫が垂れる。体は冷えているのに、右肩だけが拍動ごとに熱を伝えた。

二十年前、碧がこの世に誕生した時、その右肩に魚の肌のような皮膚を発見し、我が子が背負う運命を嘆いて父と母は泣いたという。しかしその両親も、碧が小学生の時に事故で帰らぬ人となった。拠《よ》り所を失った女神の御付に差し伸べられる手は多かったが、碧はその全てを蹴《け》って東京の高校を受験し、単身上京した。表向きは、人口の多い街でより効率よく穢れを呑むためということだったが、あの土地で一人、真綿で首を絞められるような生活をすることに限界を感じていたのだ。

狭い浴槽の中に再び身を沈め、碧は膝《ひざ》を抱える手に力を込めた。

人間の罪穢が育った存在を大禍津日「神」と呼ぶのは、それを自覚することによって自身の反省を促すものになり、その役割が神的要因を持つからだとされている。ではその神を呑む自分は、いったい何者なのか。人であることを望みながら、もうその希望すら手の届かないところにあるのではと、深淵《しんえん》に堕《お》ちてしまいそうになる。


お前は人間だよ。


出会ったばかりの頃の、あの男の声が耳元で蘇《よみがえ》って、碧はゆっくりと拳を握った。

お前は、人間だよ。

図らずも知り合うことになった、ひとまわり年上の男。胡散臭《うさんくさ》いサングラスをかけ、アロハシャツを羽織り、季節かまわずビーチサンダルを引っ掛けて歩く。本当は穢れを狩る相手だったはずなのに、いつの間にか行動を共にしている。

——どうしてそんなにあっさりと、人間だなんて言えるんですか。


碧はひとつ息をついて、浴槽から立ち上がる。

桐島に預けた銅鏡は先代の物であり、加加呑む者が代替わりした今では、残り香のような力しか持たない。それでも、桐島に宿る大禍津日神の抑止力には充分なりえるものだ。

「……どうしてあの時」

碧は無意識に独りごちた。どうしてあの時、祓ってしまわなかったのか。祓ってしまえば、それを拒否していたことすら忘れるのだから、多少強引でもよかったはずだ。

「あ、もう出る？」

浴室の扉を開けると、まだ脱衣所にとどまっていた律が、タオルを寄越してくる。

「とっとと部屋に行ってください」

「ハーブティー淹《い》れようと思うんだけど、何がいい？」

「なんでもいいです」

律の背中を押して今度こそ脱衣所から追い出し、碧はおざなりに身体を拭《ふ》いた。そして棚の上に置いていたスマートホンを手に取る。案の定、大量のメッセージを送りつけてきたのは桐島だ。なんか怒ってる？　ごめんってば。無視すんなよ。という細切れのメッセージが続いて、ゴメンにゃんと書かれた猫のスタンプがある。三十路《みそじ》の男が使うには痛々しい代物《しろもの》だ。

「……趣味悪いな」

眉《まゆ》をひそめてつぶやき、碧は濡れた髪を拭いた。

体内に大禍津日神を宿す桐島の傍にいれば、穢れを持つ人々が勝手に集まってくる。碧が彼と行動を共にするのは、自分にとって都合がいいからに他ならない。彼が誰と行動しようと、誰と知り合おうと、関係のないことだ。

そうだ、それ以上でもそれ以下でもない。

スマートホンを片手にしばらく思案していた碧は、結局『うるさい』という四文字だけを送り返した。

「メッセージ誰だった？」

脱衣所を出ると、キッチンで湯を沸かしていた律がこちらに目を向けた。

「あ、もしかして桐島って人？　例の『鏡人《かがみびと》』の」

「誰でもいいでしょう」

ため息交じりに口にしながら、碧は寝室へ向かい、倒れこむようにしてベッドに体を預けた。あの医者は、腕と口の堅さには定評があるが、やたらとかまってくるところが玉に瑕《きず》だ。特に碧のことは、いじりがいのある患者だと思っている節がある。

「……桐島さんは、まだ探す気ですか？」

横になったまま、碧はつぶやく。

答えなんて、見つかる保証もないのに。

握ったままのスマートホンが、再び震える。

『お前さ、もしかして今日、俺のこと探しに来た？』

通常、碧は自分の近くにいる大禍津日神を感知することは容易《たやす》い。桐島が抱えている巨大な大禍津日神であれば、サイレンを鳴らして歩いているのと同じことだ。しかし銅鏡を持つことによって、その気配は内側に抑え込まれ、結果桐島の存在は通常の人間と同じように、碧には感知できなくなってしまっている。

「……別に、探してなんかいません」

あの辺りに桐島の元勤務地があることは知っていたが、彼本人が居合わせているとわかっていたわけではない。次の狩りの相手を探すうち、偶然出会っただけだ。東京という街は、広いようで案外狭い。彼が一人ではなく、まさか大雅と一緒にいるとは思わなかったが、自分には関係のないことだ。

「探してなんか、いませんよ……」

返信の代わりにつぶやいて、碧はシーツに顔をうずめる。

やがて微睡《まどろみ》の中で、久しぶりに故郷の波の音を聴いた気がした。

体の内側が、熱を持っている。

自分の吐き出す息をいつもより熱く感じながら、大雅は垂れてくる汗を拭った。風邪の発熱や、熱中症とはまた別の熱さだ。淀んでいて、息苦しくて、じわじわと体内を侵食していく。

「大雅くん、大丈夫？　ちょっと休憩入れようか？」

大学の武道場で道着に着替えた大雅は、竹刀《しない》を持っていろいろなポージングで写真を撮られているところだった。昨日撮った構内での写真と合わせ、良いものを選んで掲載するという。

「大丈夫です。すみません」

噴き出すような汗に、心配した川原が声をかけたが、大雅は笑顔で応じる。わざわざ時間を割いて大学まで来てもらっているのに、少し体調がおかしいからと中断させるわけにはいかなかった。調子を整えられなかったのは、こちらの責任だ。

「道着って暑いからなー。さっさと終わらそうね」

昨日と同じようなアロハシャツを羽織った桐島が、自身も暑そうに汗を拭っている。その隣には、今日も松井女史が姿を見せていた。

「じゃあこのカット撮ったら休憩しましょう」

川原がそう言って、撮影が再開する。

水が欲しい。

カメラに笑顔を向けながら、大雅はそんな欲望を頭の片隅で認識する。飲みたいのではなく、浴びたい衝動に近い。体を開いて、内臓ごとゆすぐように洗いたかった。そうすることでしか、この熱を冷ます方法はないように思えた。

桐島の要求に応《こた》えて、目線の位置を変える。開け放った窓から、夏空が見えていた。

――もしかしたらあの人も、同じような熱さを感じていたのだろうか。


大雅の実家である神社では、毎朝八時半から朝拝が始まる。神前で大祓詞《おおはらえのことば》を唱え、今日も貴重な一日を迎えられることの感謝を捧《ささ》げるのだ。平日は学校のため、大雅は小学生の頃から土日や祝日を中心に参加していた。神職や巫女《みこ》以外にも、近所の熱心な氏子がよく顔を見せていて、終わってからおしゃべりをして帰っていくのが常だった。

「それでねぇ、一生懸命自分で哺乳瓶《ほにゅうびん》を持って飲むのよ。それが可愛《かわい》くって」

神社から徒歩十分ほどのところに住む田島喜和子《きわこ》は、近くのマンションに住む息子夫婦の子ども、彼女にとっては初孫のことを、嬉《うれ》しそうに話していくことが多かった。

「私の時はミルクなんて使わなかったけど、お嫁さんは母乳の出が悪いみたいなの。最近はいろんな育児グッズも出て便利になったわよね。息子もよく手伝ってるし」

「喜和子さんの時代とは随分変わったかもね」

当時高校生だった大雅は、よく喜和子の話し相手になっていた。小さい頃からかわいがってくれた彼女のことは、親戚のように思っていたのだ。

「そうねぇ、グッズもそうだけど、うちはお父さんが育児を手伝ってくれるなんて、まずありえなかったもの。今だってお茶、飯、風呂っていう呪文《じゅもん》を唱えれば、自動的に出てくると思ってるのよ。時々、自分は妻じゃなくて家政婦だったかしらって思ったものだわ」

そんな話をしながら明るく笑って、喜和子は朝の時間を過ごして帰る。孫のところに寄って帰ろうかしら、などと言いながら。

そんな彼女に、いつの頃からか大きな黒い靄《もや》が見えるようになった。

日常生活の中で、人間は誰しも多少の穢れは抱えてしまうものだ。それを大きくしたり、小さくしたりしながら、人は生きている。したがって喜和子が穢れを抱えていることも、驚くようなことではない。注目するべきところがあるとすれば、ほぼ毎朝朝拝に参加し、大祓詞を唱えるという祓いを受けているにもかかわらず、日に日にそれが大きくなっているということだった。

「喜和子さん、何か困ってることない？」

大雅がそう尋ねても、喜和子はいっぱいあるわよとおどけて笑って、お風呂の排水口の掃除が苦手だとか、ごみの分別が面倒だとか、庭の雑草が抜いても抜いても生えてくるとか、他愛のない日常のことを話すだけだった。

神職でもある伊吹の人間は、基本的に神社を訪ねてくる人の希望に沿って、祓いを行う。穢れが見えるからといって、こちらから積極的に声をかけたり、勧めたりということはない。そのため、大雅も喜和子にどう接したらいいかわからなかった。あなたに穢れの影が見えると伝えることは、心の中を覗《のぞ》かれることと同じことだ。それは、今までの信頼関係すら揺るがしてしまうかもしれなかった。

迷った末に、大雅は父親に相談した。しかし父は、悲しそうな目で残酷な現実を告げるだけだった。

もう自分には、その影さえ見えないのだと――。

「あの人、大禍津日神を宿しましたね」

黒い靄が次第に喜和子を覆いつくすのをただ見ていることしかできなかった大雅に、ある日そんな言葉をかけた者がいた。

「見えるのか……？」

「見えなければ、呑《の》めませんから」

そう答えた、碧の眼差《まなざ》しは深かった。

「ここへ来た初日に見かけたときは、まだ穢れの状態だったんですが、ここ二日で急に育ちましたね」

屋祓いの儀式のために、夏休みを利用して伊吹家へ滞在していた碧は、淡々とそんな感想を漏らした。

「わかってたならどうして……！」

『加加呑む者』であれば、喜和子が大禍津日神を生む前にどうにかできたのではないか。大雅が責めるのを、碧は心底不思議そうな顔で聞いていた。

「僕に、それを止める義務はありませんよ？」

加加呑む者は、慈悲に非《あら》ず。救いに非ず。

ただただ狩り取り、呑む者なり。

「……じゃあ、大禍津日神を宿した今なら、呑んでくれるのか？」

尋ねた大雅に、碧は思案気に首を傾《かし》げた。

「屋祓いの儀式は今日ですし、そこで僕は社《やしろ》に溜《た》まった大禍津日神の欠片《かけら》を呑むので、他のものを呑まなくても不便はありませんが……」

碧にとって大禍津日神は、呑まなければ人間の姿を保っていられないというだけで、好んで狩っているわけではない。すでに手に入ることが決まっている獲物《えもの》が目の前にある今、他の獲物まで狙《ねら》う必要はないのだ。それに、ただでさえ浪崎の手を借りねば屋祓いの儀式ができなくなっている今、さらに彼の手を借りようとすることに、大雅の意地とプライドが邪魔をした。

「親しい人なんですか？」

問うてきた碧は、まだ何か話したそうにしていたが、適当に返事をして切り上げた。

まだ何とかできるかもしれない。碧に頼らずとも、自分の力で喜和子を救えるかもしれない。一度大禍津日神を宿しはしても、また穢れの状態に戻せる可能性もなくはない。そうだ、何か適当な理由をつけて、喜和子に朝拝とは別の祓いを受けてもらおう。自分の儀式の練習台になってほしいと頼めば、きっと了承してくれるだろう。そんなことを思って、頼りたい気持ちを飲み込んだ。

しかしその翌日、喜和子は朝拝に現れず、大雅は気もそぞろに午前中を過ごした。割り当てられた仕事をこなし、昼過ぎに父から用事を言いつけられて外へ出た。八月の濃い青空の中で、太陽が凝縮された白い光を放つ。熱されたアスファルトから伝わる熱気が、靴底を介して伝わった。猛暑続きのここ数日は、不用の外出を避けるよう天気予報で呼びかけているほどだった。しかし大雅は、用事を済ませるついでに喜和子の家へ寄ってみようと思い立ち、帰り道を少しだけ逸《そ》れた。

最も気温が高くなる午後、さすがに通りに人気はない。陽炎《かげろう》が揺れる歩道を歩いていた大雅は、その先の空間にぽっかりと穴が開いたような不思議な場所を見つけた。そして近づくにつれ、それが穴ではなく黒い靄だと気付く。思わず足を止めた大雅を、黒い塊がゆっくりと振り返った。それは紛れもなく、喜和子だった。

「……喜和子さん?」

呼びかけて、大雅は彼女の腕の中にあるものに目を留めて息を呑んだ。しっかりと抱きしめられているのは、顔を真っ赤にしてもはや泣く気力すら失った赤ん坊だった。

「喜和子さん!」

おそらくは孫だろう。子どもを持ったことがない自分でも、ひと目でまずいとわかる状態だ。この暑い最中《さなか》、何の対策もなしに赤ん坊を外に連れ出すこと自体が普通ではない。

「ねぇ大雅くん、大雅くんは私の味方よね？」

赤ん坊に手を伸ばした大雅を避けて、喜和子は虚《うつ》ろな目で問いかける。

「小さい頃から面倒を見てきたんだもの。息子と同じくらいかわいがって。大雅くんがいい子なのは、ご両親の教育の賜物でしょう？　だから私も孫をきちんと育てたいの」

喜和子は微笑《ほほえ》んで、腕の中のぐったりとした赤ん坊に目をやる。口元は笑っているのに、不気味な人形のようだった。

「あの女には任せておけないわ。言いなりになってる息子も、もう信用できない。すっかり人が変わってしまったみたい」

「喜和子さん」

大雅の呼びかけが聞こえていないのか、喜和子は呆《ほう》けたように空へと目をやる。

「でもうちへ帰ったら、またあの人の面倒を見なきゃいけない。食事を作って洗濯をして掃除をして……。排水口も磨いて、ごみも分別して、庭の雑草も抜かなきゃいけないの。だってあの人は何ひとつ手伝ってくれないから。それじゃあこの子と過ごす時間が無くなってしまうじゃない？」

「わかった。喜和子さん、わかったから、今は赤ちゃんを――」

「触らないで!!」

とにかく赤ん坊を引き離そうとした大雅を、喜和子がヒステリックに怒鳴りつけた。

「私にはこの子しかいないのよ！　この子のことは私が守っていくの！　誰も、誰も信用できない！」

どれだけ喜和子が大声を出しても、赤ん坊が目を開けることはなかった。大雅の胸を、ぞわりとした不安と恐怖が這《は》い上がる。

「――……でも、わからないの」

そのうちに喜和子は、ぽつりと吐き出した。

「それじゃあ私、どこに帰ればいいのかしら……」

大雅は唇を噛《か》んだ。

こうなる前に、もっと早くに、彼女を止めることはできなかったのか。彼女が抱えていた孤独に、どうして気づいてやれなかったのか。

その後悔が、力ずくで赤ん坊を奪うという判断をためらわせた。

明るく笑っていた喜和子の姿が脳裏をよぎる。幼い頃からよく面倒を見てくれた、近所の優しいおばさんだった。

「……くれ」

ほとんど無意識に、大雅は口にする。

もうこうなってしまっては、伊吹の祓いの力も通用しない。自力で大禍津日神を抑え込むことも無理だろう。それ以外で彼女を救う方法となれば、ひとつしかない。

「──助けてくれ、碧！」

縋《すが》るように呼んでしまった彼の名前は、今でも大雅の舌に苦さを残している。


「桐島さん」

その日の撮影が無事に終了し、機材を片付けていた桐島のところへ、道着姿のままの大雅がやってきた。

「ああ、大雅くんお疲れ様」

昨日見せた激昂が嘘《うそ》のように、撮影開始時には朗らかな様子で現れた彼だったが、今は幾分顔色が悪い。ただでさえ暑い中、剣道をしているところが撮りたいという注文に応えてくれようとして、少し無理をしたのかもしれない。

「体調大丈夫？　水分摂《と》った？」

スポーツドリンクは、川原がまとめて差し入れていたはずだ。クーラーボックスを探して振り返った桐島に、大雅がもどかしそうに続ける。

「桐島さん、近いうちに碧と会いますか？」

昨日はあれほど毛嫌いしている様子だったのに、彼から碧の名前が出てきたことに驚いて、桐島は目を瞠《みは》った。

「会う、と、思うけど……。あ、でもいつとかいう約束はしてないよ？」

「それでもいいです。もし会ったらこれを……」

大雅はカフカの短編集を差し出したが、躊躇《ちゅうちょ》する様子で言葉を切った。

「え、何？　渡せばいいの？」

桐島は状況がよく呑み込めずに、大雅の顔を窺《うかが》う。着替える前にわざわざ言いに来るとは、よっぽど気になっていたのだろうか。

「……いえ、やっぱり直接渡しに行きます。桐島さんを信用してないとかじゃなくて、万が一受け取ってないとか言われたら癪なんで」

頭の中でシミュレーションしたのか、大雅は眉根を寄せる。さすがの碧もそこまで意地の悪いことをしないとは思うが、桐島は一応何も言わないでおく。彼の生真面目《きまじめ》さと、碧のコミュニケーションの下手さが、現在絶妙に絡《から》まり合っているのが現状のようだ。

「あいつの家、わかりますか？　どうせなんで帰りに寄ります」

真《ま》っ直《す》ぐな目で尋ねられ、桐島は返答に困った。碧の家なら訪ねたことがあるので場所はわかる。だが果たして発火するとわかっている熱源を、燃料が待ち構える自宅に送り込んでいいものか。

「……わかる。わかるんだけど、ちょっと待って。まずは家主に了解を取る」

せめて碧が断ってくれればとも思ったが、桐島がかけた電話に七コール目で出た碧は、意外なほどあっさりと大雅の訪問を許可した。

「ちょうど僕も、彼に話があったんです」

電話越しに聞いた碧の声に、挑発的な響きを見た気がして、桐島は嫌な予感を覚えていた。


「いらっしゃい」

大雅を連れて訪れた碧のマンションで桐島たちを出迎えたのは、白いシャツに黒のネクタイをした、見知らぬ優男《やさおとこ》だった。

「……あれ？」

まさか部屋を間違えたかと、桐島は扉の横にある番号を確認する。オートロックの手前でインターホンを鳴らしたときは、確かに碧の声がしたと思ったのだが。

「もしかして君が桐島くん？　碧から話は聞いてるよ。なんだ、結構いい男じゃないか」

こちらの戸惑いなどよそに、優男は顔を覗き込むように距離を詰めてくる。思わず体をのけぞらせた桐島は、後ろにいた大雅に両肩を支えられた。

「律先生、来てたんですか……」

「え、大雅くん知り合い？」

そういえば、この優男はどうして自分の名前を知っているのだろう。後ろの青年を振り返ると、大雅は困惑と気まずさがないまぜになったような顔をしていた。しかしそんな様子をあえて無視して、律は微笑みかける。

「久しぶりだね、大雅。東京にいるんだから、うちの診療所にももっと寄ってくれたらいいのに」

「生憎《あいにく》俺は、いわくつきの闇《やみ》医者じゃなくて、普通の病院に行けるので」

「遊びに来ればいいじゃないか。名刺新しいデザインにしたから、また渡しておくね」

律は素早く取り出した名刺を、本人の了解も待たずに大雅のジーンズの尻《しり》ポケットに滑り込ませた。そして桐島にも、一枚を差し出す。

「天底律と言います。よろしく」

桐島は受け取った名刺に目を走らせる。シンプルな白地に、名前と連絡先があった。普段から友人の影など見えない碧に、まず大雅という知り合いがいたことも驚きだが、それ以外に自宅に来る人物がいるとは思いもしなかった。

「天底さんは、医者、なんですか……？」

肩書には、はっきり医師と書いてある。尋ねた桐島に、律はにこやかに首肯した。

「ええ、碧のかかりつけ医でね、呼び出されると駆けつけるのが俺の役目。桐島くんも、何かあったらうちへどうぞ。口は堅いから安心して」

律の言葉の向こうに何か不穏なものを察して、桐島は薄っすらと笑みを浮かべる。確かに碧を診るとなれば、普通の医者では務まらないかもしれない。おそらく彼も、浪崎の家の事情にはある程度通じているのだろう。

「そのかかりつけ医が来てるってことは、あいつ何か調子悪いんですか？」

電話ではいつも通りの様子に思えたが、医者に頼るほどの不調なのだろうか。

咄嗟《とっさ》に碧を案じた桐島に、律は少し驚いたように目を瞠って、すぐにやんわりと否定した。

「いや、いつものやつだよ。大禍津日神《おおまがつひのかみ》さえ呑めば治まるもの。だから俺が来たからといって、何ができるってわけでもないんだけど……」

「何やってるんですか。迷惑になるので早く入ってください」

玄関で立ち話を続けていた三人に、姿を見せた碧が促す。白のTシャツに、グレーのスウェットを穿《は》いていた。自宅にいるせいか、普段より随分ラフだ。

「別に俺は……！」

渡すものを渡してさっさと帰るつもりだった大雅が何か言いかけたが、碧の方は最後まで聞かずに部屋の中へ引っ込んでしまった。桐島は同情を込めて大雅を見つめる。相手に悪気がなさそうなところが、一番質《たち》が悪い。

「まぁまぁ大雅、ゆっくりお茶でも飲んでいきなよ。俺が淹れてあげるんだから、飲んで行くよね？　桐島くんもどうぞ」

律がやんわりとその場を取り繕い、まるで我が家のように二人を招き入れた。

大学にほど近い賃貸マンションは、だいたい学生向けのワンルームが多い。しかし碧が住んでいるこの部屋は、築浅オートロックの１ＬＤＫだ。高校時代は寮に入っていたという碧は、大学進学を機にここで一人暮らしを始めたらしい。その際、女神の御付に万が一のことがあっては困るとして、本家が金を出してここをあてがったようだ。

「それで、わざわざ家まで来て何の用ですか？」

宣言通り律がキッチンで淹れたミントティーが、リビングのソファに座った各自の前に並んだ頃、碧が相変わらずヒヤリとする言い方で切り出した。

「これを返しに来ただけだ」

案の定、すでに導火線に火が付いた状態の大雅が、何とか感情を押し殺しつつ文庫本を差し出す。

「カフカ？」

大雅の隣に密着するように腰を下ろした律が、その手元を興味深げにのぞき込んだ。

「これ、涼のじゃないの？　確か彼も持ってたよね」

碧の部屋は、広さのわりに驚くほど物が少ない。十畳ほどのリビングには白いソファとテーブルがあるだけで、テレビやオーディオ類は見当たらなかった。彼が普段どんな生活をしているのか、あまり想像ができない。

「そうです。兄さんは飽き性なので、一回読むと興味を失うんですよ。なので僕が上京した時に何冊かもらいました」

文庫本を手に取った碧は、少し懐《なつ》かしそうにパラパラとページをめくった。

「失《な》くしたと思ってたんです。……ありがとう」

珍しく目元を緩めた碧がそう口にして、桐島は自分以上に大雅が驚愕《きょうがく》していることを感じ取る。思ってもみなかった素直な反応に、わかりやすく戸惑っているのだ。

「ところで、お前に兄さんがいたって初耳だな」

サングラスを胸ポケットにしまって、桐島はミントティーに口をつける。冷房が効いていることを見越してか、アイスではなくホットだ。きちんとミントの葉が添えられているあたり、律のそつのなさを感じる。

「実の兄じゃありません、本家の従兄《いとこ》です。五つ違いですが何かと面倒見がよくて、ほぼ兄弟同然で育ちました。彼も大学が東京で、その頃に律先生とも知り合ったみたいです。僕は上京した時に、従兄から律先生を紹介されました。おそらく、大雅も」

碧の言葉に、大雅が不承不承ながらも頷《うなず》いた。

「涼さんは、ふらっと伊吹の家にも遊びに来る人で、俺もよくしてもらってます。ちょっと変わった人なんですよ。あまり一族とか伝統とかにもこだわらなくて」

「なるほど」

どうりで親しげなはずだと、桐島は納得する。碧と知り合ってようやく一年になるが、まだまだ知らないことばかりだ。

「涼から碧を紹介されたときは驚いたよ。まさか加加呑む者が、ビスクドールみたいな人間だなんてね。美しいとは聞いていたけど、想像以上だった」

長い脚を組み替えて、律が眼鏡を押し上げる。

「ただ俺は、どっちかっていうと桐島くんの方がタイプかな」

「そう言いながら、俺の腰を触るのやめてください」

思案気にする律を、大雅が憮然《ぶぜん》とした目で眺めた。

「すみません、ただの冗談です。気にしないでください」

「あ、ああ」

碧に謝罪され、桐島は我に返って頷いた。冗談とも思えず、むしろやはりそっちの人かと納得しかけたのだが、これは追及しない方がいいのだろうか。

「それじゃあ、俺は目的を果たしたのでこれで失礼します」

残っていたミントティーを律儀《りちぎ》に飲み干し、大雅が席を立った。

「もうちょっとゆっくりしていけばいいのに」

名残惜しそうに、律がリビングを出ていく背中を見送る。

「待ってください」

廊下に出る直前で、碧が声をかけた。そういえば、彼の方も大雅に用があると言っていたことを、桐島は思い出す。

「自分でも気づいているんでしょう？　それ、どうするつもりですか？」

あくまでも静かに、碧は問いかけた。

こちらを振り向かないまま、足を止めた大雅が低く答える。

「お前には関係ない」

「関係なくはないと思いますよ。大禍津日神を生むのは勝手ですが、それを呑むことになるのは僕――」

「そんなことは頼んでない！」

碧の言葉を遮り、振り返った大雅が声を大きくする。口出しできない雰囲気に、桐島は訳が分からぬまま息をひそめた。

「だったらどうする気ですか？　僕以外に大禍津日神を呑める人間はいません。穢《けが》れと心中でもするつもりですか？」

碧の挑発するような口調に、大雅の眼光が鋭くなる。

「……まだ、大禍津日神は生まれてない」

「時間の問題だと思いますよ」

「これは俺の問題だ。お前に決められることじゃない」

「自分でなんとかするつもりですか？」

そこで碧は、呆《あき》れたように息を吐いた。

「あの時だって、結局僕を頼ったのに？」

大雅の目が危ういほどの怒りをはらみ、桐島は思わず二人を止めようとして立ち上がった。しかしそれを律が制する。大丈夫だからと、眼鏡の奥の目が笑みを含んでいた。

「俺は、お前にだけは絶対に頼らない……！」

拳《こぶし》を握りしめた大雅は、碧を睨《にら》みつけたままそう吐き捨てると、そのまま玄関を出ていった。

「あーあ、意地張っちゃって。まぁ碧の言い方も言い方だけど」

ドアが閉まる音を聞き届け、律が大雅のカップをキッチンへ引き上げる。

「僕は事実を言っただけです」

碧が疲れたように吐息を漏らした。やはり今回も、本人にまずい言い方をしたという自覚はないらしい。

「お前のコミュニケーションの下手くそさはよくわかったんだけど……、結局どういうこと？」

　素直に尋ねた桐島に、碧が何やら不本意な顔をしたが、結局面倒になった様子でミントティーをひと口飲んだ。

「……今の大雅は濁《にご》り人《びと》です。大禍津日神を宿す、一歩手前」

「え、あの大雅くんが⁉」

　思わず目を見開いて、桐島は問い返す。そんな兆候は、一切感じなかったが。

「でも伊吹家って、祓《はら》いの神を祀《まつ》ってる一族だろ？　それなのに濁り人になるのか？」

「以前彼自身が言っていたように、穢れとはすべての人間が持つものです。だから別に不思議ではありません。たとえ浪崎の人間であっても、大禍津日神を宿してしまう可能性はあります」

　それを聞いて、桐島は喉《のど》の奥で唸《うな》った。きっと大雅は、すでに自分の状態に気づいているのだろう。

「俺はそっちの専門家じゃないけど、大雅がまずい感じなのはわかるよ。放っておいていいの？」

　キッチンカウンターの向こうで、律が口にする。

「そ、そうだよ、なんであっさり帰したんだよ。呑んでやればいいじゃねぇか！　ちょうどそろそろ呑む時期だろ？」

名案だと思って提示したのだが、碧からは冷たい視線が返ってくる。

「僕が呑むのは大禍津日神です。育ち切らない穢れの状態でも呑めなくはないですが、体に顕著な反応が出るのは前者です。他人の穢れを体内に取り込む負担を考えても、その方が効率がいいので」

それを聞いて、桐島は言葉を詰まらせた。身体《からだ》の負担を言われると、こちらもあまり強く出られない。そもそも他人の穢れを観《み》るということだけでも、普通の人なら嫌気がさすものだ。

「それにお聞きになった通り、大雅自身が嫌がっているので。穢れを分離させるには、本人の自覚と内省が必要です。彼が僕にそれを見せるとは思えません」

お手上げだと言わんばかりに肩をすくめ、碧は席を立った。

「だからって、放っておいていいのかよ？」

桐島は碧の背中を目で追いかける。

「最悪、大禍津日神になってからでも遅くないですよ」

鬱陶《うっとう》しげに言って、碧はぽつりと続けた。

「その時は、何と言おうと僕が呑むしかないんですから……」

桐島は声をかけようとして、結局口をつぐんだ。彼の決してたくましくはない肩に、どれだけのものを背負っているのか。自分はまだ、そのすべてを俯瞰《ふかん》できていない。

「あれ、お茶飲まないの？　せっかく淹れたのに」

　キッチンから戻って来た律が、寝室の扉を開ける碧に声をかける。

「後でいただきます。少し寝るので、一時間くらいで起こしてください」

　そう言い残して、碧は扉を閉めた。あの部屋にはさすがに桐島も入ったことはないが、きっとリビングと同じくらい殺風景なのだろう。必要最低限の物しか持とうとしない彼の生活は、いつかこの世から自分がいなくなることへの覚悟のような気がしてならなかった。

「お客さんが来てるのに、相変わらず自由だな」

　そう言う割には機嫌がいい様子で、律は桐島のカップにミントティーを追加で注いだ。部屋の中を、さわやかな香りが漂う。

「碧と大雅くんは、昔からあんな感じですか？」

　エコモードで稼働《かどう》しているエアコンが、時折思い出したように冷風を吐き出している。隣室に聞こえないよう声を潜めて、桐島は尋ねた。

「そうだね。碧の方が無意識に煽《あお》って、大雅がよく突っかかってるかな。傍から見てる分には面白いんだけどね」

　カップを近づけて香りを楽しんでいた律が、思い出したように視線を動かした。

「俺も聞いた話だけど、その人曰《いわ》く、大雅は碧にコンプレックスがあるんだって」

「大雅くんが？　逆じゃなくて？」

思わず率直に問い返した桐島に、律がふふふと笑い声を漏らす。

「当人にとっては、真剣な悩みなんだよ。特に、あんな家の生まれであれば」

笑いを引きずりながら、カップを置いた律が自身の右肩を指さした。

「碧にはあって、大雅にはないでしょ？」

その仕草に、桐島はすぐに思い至る。

「……でもあれって呪《のろ》いの印で……」

「そう。でも伊吹の人間にとっては、喉から手が出るほどほしい、神との繋《つな》がりの証《あかし》。伊吹にはそれがないんだよ。社伝や神宝はあるけど、神に愛されている確固たる証拠がない」

カップから立ち上る微《かす》かな湯気を、桐島は複雑な思いで眺めた。あの右肩の斑《はん》を、碧が何よりも忌々《いまいま》しく思っているのは知っている。それを羨《うらや》むなど、考えてもみなかった。

「今じゃ伊吹の家の力も弱まって、屋祓いの儀式は加加呑む者に頼るしかなくなってる。……きっとそれも気に入らないんだ」

最後をつぶやくように言って、律は少し遠くを見つめる目をする。妙に同情する声色に、桐島はその横顔を凝視した。医者だという彼は、一体どこまでの事情に通じているのだろう。

「それより、俺は桐島くんのことが知りたいんだけど」

座っている位置をわざわざ詰めてきて、律は桐島の肩に手をかける。

「碧のことってどう思ってる？」

「ど、どうって」

「かわいい弟？　逆らえない相手？　それとももっと別の感情？」

「えー、いやー、どうでしょうね」

カップを持ったまままさりげなく距離を取って、桐島はのらりくらりと返答を躱《かわ》す。そういえば先ほど、大雅がセクハラにあったばかりだ。二人きりになったのは迂闊《うかつ》だったか。

「そんなに警戒しないでよ。純粋な興味本位だから」

相変わらず優し気な笑みを浮かべて、律は質の悪いことを言う。

「俺だって碧のことはかわいがってるんだよ。だからこそ気になるんだ」

眼鏡の奥の瞳《ひとみ》が、一瞬だけ値踏みするように細まった。

「何にも執着しなかったあいつが、唯一《ゆいいつ》道連れにすると決めた君のこと」

薄いカーテン越しに、夏の陽がこぼれていた。

「あの人、大禍津日神を宿しましたね」

あの日そう声をかけたら、同い年の伊吹の息子は、驚いたようにこちらを振り向いた。

「見えるのか……？」

目を瞠った彼の問いに、碧は半ばあきれながら答えた。

「見えなければ、呑めませんから」

伊吹の家を訪れて、四日目になっていた。儀式自体は一日で済むのだが、その前に挨《あい》拶《さつ》やら潔《けっ》斎《さい》やらで、結局一週間は拘束されることになる。夏休みとはいえ、受験生である碧にとっては貴重な時間だ。それでも是非にと請《こ》われてしまうと、家同士のつながりを考えても断る術《すべ》はない。伊吹にとって、加加呑む者は最後の望みと言っても過言ではないのだ。

「ここへ来た初日に見かけたときは、まだ穢れの状態だったんですが、ここ二日で急に育ちましたね」

「わかってたならどうして……！」

「僕に、それを止める義務はありませんよ？」

責めるような顔をする大雅が不思議だった。こちらは救世主ではない。ただ大禍津日神を呑むことを強いられただけの、呪われた身だ。

「……じゃあ、大禍津日神を宿した今なら、呑んでくれるのか？」

そう問われたことに少し驚き、碧は思案するふりで目を逸らした。以前から大雅とはあまり反りが合わないと感じていたので、こんなふうに直接頼まれると思っていなかったのだ。浪崎に頼るしかない彼の歯がゆさもわかっていたつもりだったし、彼にはずっと嫌われていると思っていた。

「屋祓いの儀式は今日ですし、そこで僕は社に溜まった大禍津日神の欠片を呑むので、他のものを呑まなくても不便はありませんが……」

大禍津日神を続けて呑むのは負担だが、彼が頼むのならやぶさかでないと思っていた。ただそれを、どんなふうに伝えたらいいのかわからなかった。

「親しい人なんですか？」

ならばなおさら心配なのだろうと思って尋ねたけれど、大雅はぶっきらぼうな返事をよこしただけで去っていってしまった。

一人残された碧は、小さくなる大雅の背中を見つめたまま、長いことその場に佇《たたず》んでいた。

ベッドにうつぶせになっていた碧は、ゆっくりと目を開けた。微睡《まどろ》んだ間に、懐かしい夢を見ていたようだ。大禍津日神を宿した喜和子に大雅が遭遇し、駆けつけた自分が大禍津日神を処理したあの日の夢だ。どうにか赤ん坊は助かったが、喜和子ともども何日か入院したと聞いた。

銅鏡をかざして自分の穢れを自覚させる際、喜和子は嫁への数多くの嫌がらせを告白した。息子を盗《と》られたようで悔しかった、自分が用済みになったようで悲しかったと。碧にとってはすでに見慣れたその光景を、大雅が直視できないでいたのをよく覚えている。

碧はもう一度目を閉じた。加加呑む者の性質上、一度対面した相手の穢れのにおいを覚えると、距離が離れてもその状況をある程度把握できる。大雅へと意識を向ければ、今は大きな穢れを宿しているとはいえ、強く清々《すがすが》しい空気が伝わってくる。自分とは違う、神を寿《ことほ》ぐ者としての凜《りん》とした波動だ。それは彼の人格によるところが大きい。赤ん坊の生死が関わっていたとしても、幼い頃から知っている女性に、情けをかけてしまう男だ。その人がひた隠しにする穢れなど、見たくもなかっただろう。

そしてそれを平然と呑む、化け物じみた自分の姿も。

右肩のだるさが全身にまわって、体を動かすのも億劫《おっくう》になってくる。ベッドに沈む感覚が心地よくて、碧がもうひと眠りしようとしたその時、頭の隅で何かが警戒を告げた。

小さな火花が散ったような感覚に、目を見開いて跳ね起きる。

「……まさか」

独りごちたところで、寝室のドアがノックと同時に慌《あわ》ただしく開けられた。

「碧、大雅くんが！」

焦《あせ》って言葉を詰まらせる桐島と、電話をしている律の姿が目に入った。彼の方は落ち着いた様子だが、こちらに向けた視線が、どうする？ と問うてくる。

「……なんて無茶を……！」

わずかに苛立《いらだ》ちを混ぜてつぶやき、碧はサイドテーブルに置いてあった銅鏡を手に取って部屋を出た。

三鷹まで戻ってきたはいいものの、すぐに下宿先へ戻る気になれず、大雅は公園のベンチに座ったまま、一時間ほどが経過したところだった。

大禍津日神を碧に呑まれた喜和子は、退院してからまた朝拝に姿を見せた。嫁への嫌がらせをしていた記憶をも呑まれてしまったので、彼女自身、自分が何をしたのかも覚えていない。ただすっぽりと穢れたものが抜け落ちた彼女は、どこか異質なものに見えたことを、大雅は思い出していた。屋祓いの儀式で目にしていたので加加呑む者のやり方は知っていたが、それを対人間で見たのはあれが初めてだった。記憶を持って行ってしまう副作用もわかってはいたものの、いざ目の前にすると違和感を覚えざるをえなかった。そしてその違和感は、浪崎が決して救世主などではなく、呪われた一族であることを知らしめる。

大雅の目の前では、先ほどから幼児たちが何人かで遊びまわっていた。鬼ごっこをやっていたかと思えば、一人がブランコで遊び、それにつられてもう一人がぼくもやると言って真似《まね》をする。藤棚の下では母親たちがおしゃべりに花を咲かせ、その近くを、誰かの弟なのか、キャラクター物の乗用玩具《がんぐ》に乗った二歳くらいの男の子が、地面を足で蹴《け》って進んでいた。大禍津日神や穢れなどまるで嘘のような、平和な日常がそこにある。

膝《ひざ》の上に置いた手を、大雅は無意識に握りしめた。

大禍津日神を宿した喜和子を前に、結局何もできなかった自分と、あっさりとそれを呑み込んだ碧の姿は、今でもはっきりと思い出せる。今後また屋祓いの儀式を行う時も、祭主の座に就くのは碧だろう。結局右肩に女神の印を有する彼の元に、伊吹は跪《ひざまず》くしかないのだ。どんなに望んでも、それはもう覆《くつがえ》ることはない。

乗用玩具で遊んでいた子どもが、その場に乗り物を残して、母親の元へ駆けていく。おかーさんトイレいきたーい、という舌っ足らずの声が耳に届いた。親に付き添われてお手洗いの建物へ向かっている間に、放置された乗り物に幼児たちが気づき、一人を乗せて他の子が後ろから押していく遊びが始まる。他の母親たちはおしゃべりに夢中で、つかの間の拝借を注意する者もいなかった。

——あの時だって、結局僕を頼ったのに？

先ほど碧が口にした言葉が突然耳元で蘇《よみがえ》り、大雅は両手で耳を覆《おお》って顔を伏せた。

「……くそっ」

地面を睨みつけて、吐き捨てる。

「わかってるんだよ、本当は……！」

結局彼を頼らざるを得ない現実くらい。

今の自分が、醜い嫉妬《しっと》の塊になっていることくらい。

浪崎の家にも、加加呑む者にも、恨む理由などないことくらい。

……でも。

正しいことをしているはずなのに、どうして報われないのか。

呪われているのはあちらの方なのに、どうしてこちらが衰えるのか。

それから、
それから——。

吐き出す息が熱い。水が飲みたい。浴びたい。体を沈めて揺蕩《たゆた》っていたい。朦朧《もうろう》とし始めた大雅の思考を、唐突な子どもの泣き声が現実に引き戻した。お手洗いから戻って来た子どもが、自分の乗り物で他の子が遊んでいることに気付いて泣き叫んでいるのだ。ぼくのだよ、かえして！　と、立ち尽くしたまま悲鳴のように泣きわめく。その声を耳にしながら、大雅は頭を抱える指に力を込めた。ぬらぬらとしたどす黒い感情が、胸の中に迫《せ》り上がるのを自覚する。

「……くれ」

ぼくのだよ。

「やめてくれ……」

ぼくのだよ。

「やめてくれ……！」

ぼくのだよ、かえして。

かえして。かえして。かえして。

ねぇどうしてぼくのばしょに、あおがいるの。

「やめてくれ!!」

そう絶叫した後、大雅の視界は急に暗くなった。深淵《しんえん》に堕《お》ちてしまいそうに体が傾き、遠くなる意識の中で、最後の意地を振り絞って体幹に力を込めた。

大丈夫ですか⁉　と尋ねてくる誰かの声がする。救急車を！　と誰かが言うので、律の名刺を持っていることを伝えようとしたが、口にする前に大雅は完全に意識を手放した。

その時一陣の風が、何かを薙《な》ぎ払うように吹き抜けていった。

三、

大雅のポケットから名刺を発見し、律に連絡をくれた人の話によると、ベンチに座っているときから具合が悪そうにしていた、とのことだった。頭を抱え、次第に前かがみになり、そのままバランスを崩して、頭から地面に倒れこんだという。幸い目撃者が多かったので、すぐに駆けつけてもらえたようだ。

「自分がもう少し早くに声をかければよかった、って言ってたよ。このご時世にそんなこと言ってもらえるなんて、感謝しないとね」

倒れた際に右のこめかみ部分を地面で擦《こす》ったらしく、運び込んだ診療所で律が丁寧に処置をした。それ以外はほとんど無傷だったが、触診が妙に長かったのは、気のせいではないはずだ。

「どうせお礼に行くだろ？　名前と連絡先聞いておいたから、あとで渡すね」

「……ありがとうございます」

抜け目のない律に、ベッドの上で半身を起こした大雅が礼を言う。駆けつけたときは意識が朦朧としていたが、水分を補給させて体を冷やした今はすっかり回復していた。

「それにしても、熱中症とはねぇ」

患者用の丸椅子《いす》に座って、桐島は痛々しい姿の大雅を眺める。丁寧に診察した律が下した病名がそれだったのだ。この炎天下、一時間以上水分も摂らずに外にいれば、こうなるのは当たり前だと。

「ご迷惑をおかけしました……」

大雅は申し訳なさそうに口にする。思えば彼は、撮影でも尋常ではない汗をかいていた。普段から防具をつけてエアコンのない室内で剣道をしているので、普通の人より暑さには強いはずだが、いろいろな要因が重なったのだろう。

「いや、俺はついてきただけだし、大雅くんが無事ならそれでいいんだ。……ただ」

桐島は、ベッドと距離を取り、壁に背を預けて腕を組んでいる碧をちらりと振り返る。

「呆れました」

そう言って、碧はようやく大雅へ視線を向けた。そしてけだるそうに歩み寄って、持参した銅鏡を差し出す。

「そんなに僕に頼るのが嫌ですか。ぎりぎりだったくせに」

「俺だって伊吹の人間だ。舐《な》めるな」

ベッドの上で、大雅が気丈に振舞いつつ銅鏡を受け取った。そして、少しだけ覚悟を決めるように深呼吸した後、その鏡面をのぞき込む。

「大雅」

恐る恐る鏡をのぞき込む大雅を、後ろから見ていた律が、肩越しに彼を抱きしめるように顔を寄せた。

「ほら、ここ日焼けしてる。ちゃんと日焼け止め塗らないから」

「……先生、放してください」

「日焼けはシミの元になるんだよ？」

「いいから、放してください」

頬をつつく指を、大雅がやんわりと引き離す。鏡面に写るのは、普段と変わりない伊吹大雅の顔だ。そこに、大禍津日神の影はない。つまり、今の大雅に大禍津日神は宿っていないということだ。

「……前に、どうして気吹戸主神《いぶきどぬしのかみ》の祝《ほうり》に生まれたのか、考えたことがあるかって訊《き》いたな？」

銅鏡を碧に返しながら、大雅は静かに尋ねた。

「考えたことなんて数えきれないほどある。どうして神を祀るのか。どうして気吹戸主神だったのか。祝として生まれながら、自分たちの儀式すら満足に行えないことも、どうして自分に力がないのかも、考えなかった日なんてない」

碧は何も言わずにそれを聞いていた、神に縁《えにし》を持つ二人にしかわからない空気が、そこにあった。

「だからこそ、今の伊吹の家に加加呑む者の協力が不可欠であることは、心底気に入らないが認めざるを得ない。そこに余計な感情は不要で、ただ事実を受け止めるだけだ」

大雅はどこか吹っ切れた顔をする。数時間前と比べて、目の強さが増したような印象だった。

「でも、俺が個人的にお前の世話になることだけは、断固拒否する！」

忌々《いまいま》しげに指をさして叫ばれ、碧が眉をピクリと動かした。やはり大雅の結論はそこに行きつくらしい。

「……ちょっと整理していい？」

状況についていけない桐島は、一触即発の気配が漂う二人の間に割って入る。このままでは子どものような喧嘩《けんか》が始まってしまいそうだ。

「結局大雅くんは、大禍津日神を宿したの？　宿さなかったの？」

「宿しませんでした」

碧が露骨に鬱陶しげな目を向けて答える。

「あと一歩で生まれそうだったのに、消えました」

「消えた？」

桐島は怪訝《けげん》に問い返した。一体どういうことなのか。

「正確には……」

一呼吸おいて、碧は告げる。

「捻《ね》じ伏せたんですよ、自分で」

終

「自らの努力では払拭《ふっしょく》しきれない罪穢を祓い捨て、本来の自己を恢復《かいふく》するためには、神《かん》直毘神《なおびのかみ》の出現による加護が必要です。神という名前はついていますが、要は穢れへの自覚と内省の努力のことをいいます」

病院を出ると、辺りはすっかり宵闇の中にあった。街灯に照らされる歩道を歩きながら、桐島の隣で碧が呆れ気味に口にする。

「人間は元々、誰しも神直毘神を持っているはずなんですが、ストレスの多い昨今ではそれが満足に働かないことが多いんです。だから皆、抱えた穢れを消化できずに大きくしてしまう。もちろん、小さくできる人も稀《まれ》にいるんですが」

ヘッドライトを点《つ》けた自動車が通り過ぎる。昼間の暑さが幾分収まり、温《ぬる》い空気が二人の髪を煽った。

「じゃあ、大雅くんにはその何とかが出たってことか？　それって気吹戸主神の祝だってことと、何か関係あんの？」

昼間の熱を吐き出すアスファルトの上を、桐島はビーチサンダルを引きずって歩く。大雅は律が責任をもって車で送っていくと言っていたが、いろいろな意味で無事に帰れたかどうか、後で連絡を取らねばならない。

「おそらくは。彼の場合、幼い時から伊吹家の長男として、自覚と内省を徹底的に叩《たた》き込まれて育ってますからね。でもだからと言って、すべての祝が彼のようにできるというわけでもありません」

深くなる夜陰に、碧の白い頬が映える。

「本来は神直毘神を出現させるのに、生まれも血筋も関係ありません。その人自身が、これまでに積み重ねてきたものの結果なんです」

言葉を探すように口をつぐんで、碧は空へと視線を滑らせた。

「礼を尽くし、感謝を尽くし、神に尽くす。……これは、伊吹の家訓です。僕は幼いころから大雅を知っていますが、彼ほど愚直にこれを実践してきた人を知りません」

そう言う碧を、桐島は意外な目で見つめた。犬猿の仲かと思っていたが、評価すべきところは、きちんと見ているようだ。

「そのせいで若干暑苦しいのは否《いな》めませんが」

「……お前、その一言さえなかったら結構いい話だったぞ？」

赤信号で足を止め、桐島はぼやいた。

「……大雅くんが大禍津日神を宿す原因って、心当たりあるか？」

通り過ぎる車のヘッドライトが、目の端に残像を残していく。桐島の問いに、碧がちらりとこちらに目を向けた。

「どうせ律先生から聞いたんでしょう？」

「まぁそれ以外ないわな」

「別にいいですよ。僕だってわかってますし」

生あたたかい風が、碧の前髪を揺らしていく。

「でも僕は、彼に何もしてやることはできません。唯一あるとしたら、彼が大禍津日神を宿したときに呑んでやることです」

彼らにしかわからない決まりごとが、そこにはあるのかもしれなかった。表の祝と、呪われた一族。同じ祓いの神に関わりながら、全く違う運命を辿《たど》っている。

「まぁ彼の場合、それすら全力で拒否することが今回のことでわかったので、せいぜい僕に銅鏡を向けられないように内省を繰り返せばいいんですよ」

信号が青に変わり、歩き出した碧の背中を、桐島は慌てて追いかけた。

「え、お前なんか拗《す》ねてる？」

「そんなことありません」

「いや、拗ねてんだろ」

「しつこいですよ」

先を行く碧の小さな頭を見つめて、桐島は気づかれないように少しだけ笑った。そして速足で隣に並び、わざとらしく微笑《ほほえ》みかける。

「大雅くんみたいな人間ばっかりなら、楽なのになー？」

「精神が筋肉でできてるような人間は一人で十分です」

しかめ面《つら》でそう言い返した碧が、再び空を見上げる。

「……でも、もし本当にそんな人間ばかりなら、女神も加加呑む者を創《つく》らなくて済んだのかもしれませんね」

見上げた空に星はない。どんなに目を凝らしても、その肉眼では捉《とら》えられない銀砂を、彼は探しているようだった。

大雅には神直毘神が現れ、自分には現れなかった。

大雅には大禍津日神は育たず、自分には育った。

少しだけ汗ばんだ掌に目を向けて、桐島は改めて自らの罪を思う。

「……そうだな、少なくとも大雅くんなら、俺と同じ行動は取らなかったかもな」

あの日ファインダー越しに覗《のぞ》いた景色が、未《いま》だ目に焼き付いて離れない。無機質なコンクリートの中で、そこだけ鮮明な色がついていた。不自然に折れ曲がった白い手足と、まるで花弁のように広がっていた紅血。シャッターを切ることに、何のためらいも覚えなかった。自分がずっと欲しくてたまらなかったものが、そこにはあったのだ。

少なくとも、その一瞬までは。

「……飯でも食いに行くか」

桐島はそう言って、碧の背中を軽く叩いた。

「嫌です。行くとしたら、部屋着のまま出てきてしまったので、一回家に帰ります」

「はぁ？　いいだろ服くらい。別にドレスコードのあるディナーに誘ってるわけじゃねぇんだぞ？」

「嫌なものは嫌です。だいたい、あの時あなたが急《せ》かすから着替えそびれて……」

「大雅くんが倒れたって言うんだから、早く行かなきゃって思うだろ！」

「倒れていればいいんですよ、あんな筋肉」

もはや肉塊呼ばわりする碧に、桐島が何か言ってやろうと口を開きかけたとき、車道を走っていた一台の車が二人の歩くスピードに合わせて横付けされた。

「やっと見つけた」

左ハンドルの車の窓が開き、顔を出したのは律だった。助手席に、能面のような顔をした大雅の姿もある。

「送っていくんじゃなかったの?」

桐島が尋ねると、律は眼鏡の奥でにっこりと笑った。

「そのつもりだったんだけど、せっかくだからみんなで食事でもどうかなって」

「碧! お前電話に出ろよ! 何回かけたと思ってんだ!」

助手席から身を乗り出してきて、倒れたとは思えない元気な肉塊が喚《わめ》く。二人きりになって身の危険を感じた彼が、皆での食事を提案した、と考えるのは邪推だろうか。

「そういえば、診療所で電源を切ったままでした」

スマートホンを取り出して、碧が淡々と口にする。そして何やら叫んでいる大雅を無視して、思い出したように桐島を振り返った。

「そうだ桐島さん、あのメッセージアプリに使ってる猫のスタンプ何なんですか? 急にかわいこぶるのやめてください」

正直気持ち悪いです、と、しかめ面で訴える碧に、桐島は心外だと目を瞠《みは》った。

「お前のために使ってんだよ!」

「どういう意味ですか?」

る。

「だってお前、猫好きだろ」

見事なくらい、碧が呆気にとられた顔をした。こういう時だけは、年相応の表情をする。

「……僕、猫が好きだなんて言いましたっけ？」

「いや、言ってはないけど。会ったばっかりの頃コンビニの前で猫触ってただろ」

「触って、ましたけど……」

「あの時お前」

記憶を辿るように視線を揺らす碧に、桐島は告げる。

「嬉《うれ》しそうに笑ってたぞ」

絶句した碧が、何も言い返せないまま目を逸《そ》らした。

実家の島には、猫がいなかったと碧は言った。高校入学と同時に上京して、今まで猫に触れ合うことは何度かあっただろう。けれど、その柔らかな毛並みに触れる彼の滅多に見せない微笑みを、桐島はよく覚えていた。

「とりあえず二人とも早く乗って。何食べようか？」

運転席から律が急かす。頭上の空は、街明りのせいで灰がかっていた。奥行きのない東京の空が、宇宙と同じ色の夜を迎えることはあるのだろうか。

「僕は部屋着なので行きません」

「いつまでそんなこと言ってんだよ……」

「早く乗れ！」

「碧、服なら買ってあげるよ」

「律先生に借りは作りたくないです。あとが怖いので」

「いいから乗れ！」

濃紺に染まる街を、四人を乗せた一台の車が緩やかに発進する。

星の見えない空で、月だけが静かに微笑んでいた。

三章 花ヲ喰ラウ

序

九月に入ってなお、東京の街はうだるような暑さに包まれていた。照りつける太陽と、その熱を吸収し、放出するアスファルト。ビルの壁面に設置された室外機からは、通りを歩く人の苛立《いらだ》ちを募らせる熱風が噴き出してくる。皆暑さに閉口し、日陰を求めて道を選んでいた。

碧は長袖《ながそで》の白いシャツを着込み、池袋駅から明治通りを南へと歩いていた。珍しく額には汗が滲《にじ》み、熱が出る直前のように体の節々が痛む。おまけに時折立ちくらみもした。しかしそんな不調とは関係なく、人形のように整った碧の容姿は目を惹《ひ》き、すれ違う人たちの視線を奪う。もう慣れたと思っていた無遠慮にこちらを値踏みするような目が、今はいつも以上に鬱陶《うっとう》しかった。

近くに音楽大学があるものの、夏休み期間のためか見かける学生は少ない。駅前から離れるほど、通りを歩く人はまばらになった。人目を避けるように大通りから路地へと入り、碧は目についた自販機で水を購入する。

「……面倒臭い」

ペットボトルの半分ほどを一気に呑《の》み干して、碧はそう吐き捨てた。ここのところの体調不良のおかげで、いよいよ精神的にもゆとりがなくなってきている。原因は暑さのせいというわけではなく、すべては右肩の斑《はん》の仕業だ。

碧の白く滑らかな皮膚が、その部分だけ容赦なく剝《は》ぎ取られてしまったような銀灰色の肌は、青黒い斑を宿し、今や熱を持って存在を主張している。本来右肩の一部にしか存在していないはずのそれは、すでに碧の二の腕付近へと侵食していた。先月のうちに大禍津日神《おおまがつひのかみ》を呑んでいれば、ここまでひどくなることもなかっただろう。おかげでこの気候でも、長袖を選ぶしかなくなってしまった。それでもこうして外に出ているのは、新たな大禍津日神を探しているためだ。

主治医である律には散々家で休んでいるようにと言われたが、こちらも好きで出歩いているわけではない。心中で独りごちて、碧は顎《あご》に垂れてくる汗を拭《ぬぐ》う。できれば律の言う通り、家で水風呂《ぶろ》に浸《つ》かっていたい。しかしこの不調を一気に解消するには、大禍津日神を呑んでしまうに限る。いくら主治医の腕が良くても、これだけは現代医療ではどうすることもできないのだ。桐島の傍にいれば、穢《けが》れを抱えた濁《にご》り人《びと》が集まりやすいとはいえ、タイミングよく育ちきった大禍津日神を宿した人はそうそう現れない。ならば自分の足で探し出すしかなかった。

もう一度ペットボトルに口を付け、碧は再度歩き始めた。幸いこの近くに鬼子母神《きしもじん》を祀《まつ》る寺がある。そこまで行けば、休めるような木陰があるはずだ。この大都市を見渡せば、濁り人はいくらでも見つかるが、大禍津日神を探し出すのは容易なことではない。大きなものであれば、ある程度方角や位置はわかるとはいえ、碧の感覚に引っかかるのはせいぜい半径数メートルほどだ。一度でも面識があり、穢れのにおいを覚えた人間であれば、たとえ遠くにいても状態を捉《とら》えることができるのだが、今のところそのような人物もいない。穢れから変化したばかりのものは、さすがの碧でも見落としがちで、特に今のような状態では集中力も散漫になる。

住宅が並ぶ一方通行の細い路地を進み、突き当りを左に折れたところに、タイル張りの外壁を持つマンションがあった。元は真っ白であったろうタイルは薄く汚れ、張り出したベランダの手すりに花のような飾りがあるのが、一昔前の流行を感じさせる。その前を通り過ぎようとした碧は、マンションの入口に一人の少年を見つけた。

オレンジ色のTシャツに半ズボンを穿《は》いて、マンション前にある花壇の縁に彼は腰かけていた。小学校に上がったばかり、といった年頃だろうか。ただ、今日は平日だったはずだ。そのことに思い当たって、碧は腕時計で時刻を確認する。午後三時過ぎ、低学年であれば、帰宅していてもおかしくない時間だ。人待ち顔で、手持無沙汰《てもちぶさた》に足をぶらぶらとさせている彼は、夏休みを終えたばかりだというのに、肌は驚くほど白く、心なしか頭髪も茶色がかっている。元々持っている色素が薄いのかもしれない。顔を上げた彼の様子を改めて見た碧は、わずかに目を瞠《みは》った。まだ幼い頬は柔らかなふくらみがあり、唇は鮮やかに赤く、くっきりとした二重の瞳《ひとみ》は鳶色《とびいろ》だ。キッズモデルのスカウトが、諸手《もろて》をあげて喜びそうな容貌《ようぼう》だった。

そして同時に、碧は彼に覚えた違和感をゆっくりと咀嚼《そしゃく》する。

天使のような姿に似合わない、彼に絡《から》みつく穢れの残り香――。

「透羽《とわ》、お待たせー！」

碧が吟味するような視線を送っている間に、マンションの入口から女性が姿を見せた。

二十代後半か、三十代前半ほどの年代で、ショートカットの似合う溌剌《はつらつ》とした雰囲気だ。仕事の途中なのか、濃いグリーンのエプロンを身に着けており、胸のところにフラワーショップフローレ、というロゴがあった。

「もー、携帯忘れるなんて、優子ちゃんはそそっかしいんだから」

そんな文句を言いつつも、少年は子犬のように彼女へまとわりついた。母親と息子かと思ったが、優子ちゃんと呼んでいるところをみると、親子ではないのだろうか。

「ごめんごめん、お詫《わ》びに、お店に戻る前にジュースでも買って行こうか？」

親しげに手を繋《つな》いで、歩き出す。その何の変哲もない、端から見れば心がなごむ光景から、碧は視線を逸《そ》らさずにいた。

「……あの、何か？」

無遠慮な視線に気づいて、女性が戸惑うように足を止めた。心なしか、少年を自分の後ろへと庇《かば》うようにする。しかし同時に碧の顔を直視して、はっと目を見開いた。薄《う》っすらと頬が染まり、呆《ほう》けたように立ち尽くす。

「いえ、すみません。微笑《ほほえ》ましくて、つい見入ってしまいました」

碧は彼女の警戒を解くように微笑んでみせる。きっと桐島であれば、ここでもっとうまいことを言ってするりと懐《ふところ》に入り込むのだろう。大雅であれば、おそらく相手は最初から警戒心を抱かない。

「かわいいお子さんですね」

そう言って、女性の手をしっかりと握っている少年に目を向ける。彼の方はきょとんとした面持ちでこちらを見つめていた。

「……あ、いえ、甥《おい》っ子なんです。あんまり似てないでしょ？」

我に返ったのか、取り繕うようにして女性は苦笑した。確かに傍らの少年と比べると、彼女の方は愛嬌《あいきょう》はあるが平凡な顔立ちをしている。

「そうでしたか。出がけにお引き止めしてすみません」

容姿への感想は口にせず、碧はにこやかに一礼をして歩き始めた。女性も会釈《えしゃく》を返し、碧とは反対の方向へ少年と連れだって歩いていく。少し距離が離れてから、彼女が一度だけ名残惜しそうに碧の方を振り返る気配があった。

「……まだ、育ちきってはいないけど、芽がある」

やがて足を止め、碧は手を繋ぐ二人の背中を振り返る。街路樹からの木漏れ日が、ちらちらと目に映った。ジュースにするかアイスにするかという少年の無邪気な声が、耳に届く。

「見つけた」

その囁《ささや》きは、熱く密《ひそ》やかに漏れた。

一、

「みなさん、オアシスの準備はよろしいですね？　では今回はグリーンにシダをご用意しましたので、オアシスの各辺の真ん中に挿していってください。花器ギリギリになるように」

土曜の午後、月に二度だけ開催するフラワーアレンジメント教室で、優子は十五人ほどの受講者相手に指示を出す。今回は水を含ませたスポンジ状のオアシスに丸く花を挿していく、ラウンドと呼ばれるアレンジ法を教えていた。二十代から六十代までと年齢層は幅広く、去年始めた時から来てくれている常連もいる。参加者は圧倒的に女性が多いが、今日は珍しく体験教室として男性が一人訪れていた。

「桐島さん、何かわからないことはありますか？」

優子は、先ほどから隣の席に座る常連の御婦人による、怒濤《どとう》のおしゃべりに付き合わされている男性に声をかける。

「ああ、大丈夫です。もー、みなさんが手取り足取り教えてくれちゃって」

伸びかけの中途半端《はんぱ》な髪形に、派手なアロハのようなシャツを羽織り、ビーチサンダルを突っ掛けた彼が受付に現れたときは、何の冷やかしだろうと思った。出会い目的であれば、もっと他に適した場所はいくらでもある。しかし彼は、意外にも既婚の中年女性が集まっているテーブルを選んだ。

「ここに若い男の子が来ることなんかそうそうないから、みんな張り切っちゃってるのよ！」

「いやだ張り切ってるのは森久保《もりくぼ》さんだけでしょ」

「俺、そんな若くないですよ。三十二だし」

「若いわよぉ！　うちの主人と取り換えたいくらいだわ」

御婦人たちの中で、桐島は調子を合わせて笑っている。確かに彼には、髭《ひげ》のある浅黒い肌や、意外と筋肉質な腕などに妙な色気があって、女性たちが嬉《うれ》しそうにするのもわかる気がした。

「わからないことがあったら、なんでも訊《き》いてくださいね」

優子は気さくに声をかける。今のところ真面目《まじめ》にアレンジをやっているので、どうやら単なる冷やかしというわけではなさそうだ。

「ありがとうございます」

彼が笑うと人懐《ひとなつ》っこい顔になることを発見して、優子はつられるようにして微笑んだ。

——でも。

でも、あの美しさには、敵《かな》わない。

先日偶然出会った青年の姿が、優子の脳裏に蘇《よみがえ》る。しっとりと憂《うれ》いを纏《まと》うような雰囲気を持ち、作り物のように整った容貌。本当に同じ人間かと、疑いたくなるほどの静謐《せいひつ》さだった。日を追うごとに、その印象は強くなる。

「優子先生ー！」

受講者の一人に呼ばれ、優子はそちらを振り返る。

「ここのバランスがなんだかおかしくって……」

「ああ、それならシダを全部使わなくても大丈夫。このままにして、バラを挿していってみましょう」

講師としての思考を手繰り寄せて、優子は花と向き合う。少なくとも講義中の今は、集中しなければいけない。

「先生が用意してくれるお花って、いつも新鮮ですごくきれいですよね。お店の商品なんですか？」

何度か参加してくれている三十代の女性が、手に取ったピンク色のバラをしげしげと見ながら問いかける。

「え、お店って？　先生お花屋さんなんですか？」

近くに座っていた受講者が、興味深げに顔を上げた。

「そうですよ。本業はお花屋さん。月に二回だけ、パートさんにお任せしてここで教室をやってます。使ってる材料は、お店で扱っているものもありますけど、教室用に発注してるんですよ」

優子は自費で作った店のチラシを、よかったらと手渡した。そこには優子の簡単なプロフィールと、店の場所も記載されている。花屋の稼ぎの他に、安定した収入源を得られないかと思い、たまたま空きのあったカルチャースクールに申し込んだのだ。生花だけでは芸がないかと、加工したプリザーブドフラワーのアレンジや、食べられるエディブルフラワーなどを使った料理の紹介もしている。そういった種類の豊富さが受けたのか、ありがたいことに開講以来参加者は途切れることがない。

「食べられるお花があるんですか？　おもしろそう！」

「ぜひまた、いらしてくださいね」

そんな他愛ない会話をしながら、優子は全員の作業に目を走らせて、少しずつ講義を進行させていく。比較的単純な作業なので、あまりつまずく人もいない。初心者の桐島も、御婦人たちにあれこれと指図されながらうまくやっているようだ。

「綺麗《きれい》にまとまりましたね」

講義も終盤になって、優子はピンクと白のバラをこんもりと活《い》けた桐島に声をかけた。

「ほとんどみなさんに手ぇ貸してもらいましたけどね」

桐島は頭を掻《か》きながら笑う。

「お花、お好きなんですか？　それともどなたかへのプレゼント？」

ここで作ったアレンジメントは、各自持ち帰ることができる。何気なく尋ねると、桐島は目に見えてうろたえた。そしてお茶を濁すように口にする。

「えーと、まぁ、そんなところ、です……」

すると途端に、周りの御婦人たちがざわめきたった。

「プレゼントって誰に⁉」

「桐島さん彼女いるの？」

「やだー、もしかして結婚してたりしないわよね⁉」

その反応に、他の受講者と一緒になって優子は笑う。バラの香りに包まれた、何の変哲もない幸せな午後のひと時だった。ただ一人桐島だけが、口元を笑みで形作りながらも、どこか浮かない顔で優子を見つめていた。

「遅かったですね」

池袋駅からほど近い路面店のカフェで、碧は少々遅刻して現れた待ち人に目を向けた。

「いやー、おばさま方が放してくれなくってさー、お茶行きましょうって誘われて、断るのが大変でー」

その身に宿した大禍津日神を、銅鏡で鎮《しず》める彼の気配は、近くにいても碧にはうまく捉えにくい。相変わらずブルーレンズのサングラスをかけ、怪しい売人のようなスタイルで、桐島は向かいの席に腰を掛ける。まんざらでもない様子を見ると、それなりに楽しんだのだろうか。

「モテて良かったですね」

「お前に言われるとなんか腹立つな」

土曜の午後、ちょうどティータイムということもあって、店内は混み合っていた。人目を引く碧が一人で座っているときから好奇の眼差《まなざ》しは向けられていたが、桐島が到着したことでさらに拍車がかかったようだった。彼は手近な店員を呼んでアイスコーヒーをオーダーする。そしてついでのように、持参した紙袋を碧の方へ差し出した。

怪訝《けげん》な顔をする碧に、一言で説明する。

「お土産」

「お土産って……」

そんなに気が利《き》く男だっただろうか。若干困惑しつつ紙袋を覗《のぞ》き込んだ碧は、そこにピンクと白のバラで彩《いろど》られたフラワーアレンジメントを発見して、露骨に渋い顔をした。

「……これ、桐島さんが作ったんですか？」

「意外と綺麗に出来ただろ？」

「やっぱり楽しかったんじゃないですか」

胡乱《うろん》な目で、碧は紙袋を脇《わき》に寄せる。持って帰る気はないので、帰り際《ぎわ》桐島に突き返せばいいだろう。フラワーアレンジメント教室へ潜入する話を持ちかけたときは、ダダをこねて嫌がっていたくせに。

「こちとらクリエイターだぞ。そういうのを作ること自体は別に嫌いじゃねぇよ。問題は環境だ、環境」

ここに来てようやく疲れた顔を見せて、桐島はポケットから煙草《たばこ》を探り出す。

「おばさま方は話を聞き出すにはいいけど、疲れるんだよ。つーか、お前が行った方がよっぽどちやほやしてくれたと思うぞ」

火をつける前に、ここが喫煙席であるかどうかを確かめて、桐島はテーブルの灰皿を引き寄せた。

「だめですよ、僕は。ああいうところに行くと変に目立ってしまって、あまり情報を得られないんです」

碧は飲みかけのコーヒーを啜《すす》る。先日偶然出会った佐川優子が、花屋を経営していることまでは突き止めたが、問題はどうやって彼女の穢れの正体を知るかだった。彼女の中には、あと少しで大禍津日神に育つ穢れが宿っている。いざそれを祓《はら》うことになった場合、彼女にその穢れの元になった罪を自覚させる必要があるためだ。

「俺が行ったって目立つっつっつーの」

顔を横に向けて煙を吐きながら、桐島がぼやく。通常、碧は直接濁り人と接触して情報を引き出す方法を選ぶのだが、現在優子の店はバイトなども募集しておらず、客として接触するだけではあまりにも時間がかかり過ぎる。そんなときに、彼女が月に二回、カルチャースクールを開いていることを知り、桐島を送り込んだのだ。

「でも僕の目立ち方とは違うでしょう？　桐島さんなら、ある程度時間が経《た》てば馴染《なじ》めます。僕はだいたい、遠巻きにされて騒がれるだけなんです」

「……悪かったな、お前ほど近寄りがたいイケメンじゃなくて」

「何拗《す》ねてるんですか？　褒めたんですよ？」

「複雑だわ！」

煙草をもみ消して、桐島は運ばれてきたアイスコーヒーを飲む。そしてメニュー表に手を伸ばし、スイーツを吟味した。苛立ちついでに食べる気なのだろう。この男は酒も飲む癖に、甘い物も好むのだ。

「……ある意味、この容姿も女神の呪《のろ》いのひとつなんですよ」

定番のイチゴショートと、季節限定のフルーツが宝石のようにちりばめられたタルトを見比べていた桐島が、その言葉に顔を上げる。

「代々、女神の御付《おんつき》は人間離れした美貌で産まれるんです。普通の人間とは違うということを、周囲にわからせるために」

碧は長袖のシャツの上から、右腕を押さえた。住人のほとんどが縁者だった故郷の島を出て、高校の寮に入った頃から、否応《いやおう》なく容姿への自覚は生まれている。通学中にちらちらと視線を送られたり、頬を染めて凝視されたりということは日常茶飯事だった。ひどくなれば、執拗《しつよう》に後をつけられたり、傘などを盗まれたり、すれ違いざまに写真を撮られたりしたこともある。異性どころか同性から手紙を渡されたこともあれば、初対面の人間に、どうしてこんなに想《おも》っているのに連絡をくれないのかと、詰め寄られたことともあった。碧にとってそれらは憂鬱な出来事でしかなく、得意に思ったことなど一度もない。どこへ行っても注目され、好奇の目にさらされることは、強制的に『普通とは違う』ことを自覚させられる。

そしてそれは碧の中で、美しさと女神の呪いを強固に紐付《ひもづ》けた。

「僕としては、ごく普通の平凡な容姿に憧《あこが》れますけどね」

ブルーレンズ越しに、しげしげと碧を見つめていた桐島は、何か言葉を探していたようだったが、結局やれやれと首を振った。

「もういっそ開き直って、大雅くんみたいにモデルやれば？　とも思ったけど、お前にとっちゃ苦痛以外の何物でもないか」

「当たり前です。何が楽しくて写真に撮られなきゃいけないんですか」

「……お前、それ大雅くんの前で言うなよ？」

店内にはごく小さくBGMが流れている。周囲のざわめきにかき消されてほとんど聞こえないそれのリズムを、イチゴショートをオーダーする桐島の中指がテーブルに刻んでいた。

「それで、佐川優子については何かわかりましたか？」

桐島がイチゴショートを半分ほど攻略したところで、碧は肝心な部分を切り出した。

「まさかおばさま方と楽しくおしゃべりをしながら、花を愛《め》でてただけじゃないですよね？」

「それが人に物を頼んだ奴《やつ》の態度か」

イチゴにフォークを突き刺して、桐島は顔をしかめる。そしてポケットをまさぐって、ICレコーダーを取り出した。教室に向かう前に、碧が手渡したものだ。

「さっき確認したら、結構クリアに録《と》れてた」

「ありがとうございます」

素直に礼を言って、碧はそれを受け取る。話術に長《た》ける桐島だからこそ、この役を頼んだのだ。

「それを聞けばわかると思うけど、佐川優子は独身の一人暮らし。雑司《ぞうし》が谷《や》の駅近くでフラワーショップを経営しつつ、去年から月に二回カルチャー教室を開催。二駅向こうに住んでる兄夫婦の子ども、つまり甥っ子の面倒をよく見てる頑張り屋さんっていうのが周りの評価だ」

けだるそうに左手で頬杖《ほおづえ》をついて、桐島は続ける。

「店の評判もいいみたいでな、近場でも配達をやってくれるし、希望をきいて取り寄せもしてくれる親切な花屋だって。最近じゃいろんな要望に応《こた》えられるように、枯れないように加工したやつとか、食べられる花なんかも扱ってるらしい」

そう語る桐島の顔を眺めて、碧は気付いた。まただ。また、感傷を覚えている。彼とともに濁り人に接することはもう何度もあったが、桐島は一向にそのことに慣れない。

どんなに普通に見えても、どんなにいい人に思えても、人間の中に穢れは育つのだと、他ならぬ彼こそが知っているはずなのに。

「桐島さん……」

「あー、わかってるわかってる」

口を開きかけた碧を、桐島がひらひらと手を振って制した。

「なんであの人が濁り人なんだ、なんてことはもう思ってねぇよ。ただ、あんなに幸せそうに見えても、穢れを抱えてるってことがちょっと切ないだけだ」

「切ない？」

「ああ」

フォークを置いて、桐島は椅子《いす》の背もたれに体を預ける。

「周りからは幸せそうに見えてるってことは、少なくとも彼女の穢れの原因を知る人が、彼女の周りにはいないってことだろ」

その一言に、碧は何も言い返すことができなかった。

雑司が谷の霊園近くにあるフラワーショップフローレは、四年前に優子が一人で立ち

上げた店だ。以前も花屋だったそこは、主人が高齢を理由に店を閉めようとしていたところを、知り合いを通じて優子が居抜きで借り上げたのだ。貸主の厚意で家賃は安く、ちょっとしたリフォームも協力してくれた。おかげで以前からの客も、そのまま離れずにいてくれている。

「優子ちゃん」

レジ横のカウンターで事務作業をしていた優子は、店先から聴こえたその声に顔を上げた。

「森久保さん、こんにちは」

先週、フラワーアレンジメント教室で会ったばかりの常連客の女性が、ちょうど客足の途切れた店内に手を振りながら入ってくる。買い物帰りか、派手なエコバッグをふたつぶら下げていた。

「こんにちは。近くまで来たもんだから、寄ってみたの。忙しかったかしら？」

「いいえ、ご覧のとおりですよ？」

優子はおどけながら店内を右手で示してみせる。ちょうどパートの女性は休憩に入っていた。平日の昼過ぎ、もともとあまり客入りの多くない時間帯だ。とはいえ、この時期は敬老の日やお彼岸の関係で少しずつ注文自体は増えつつある。霊園が近いせいか、お祝い用の花より仏花の方がよく出るので、今月は稼ぎ時でもあった。

「先週の教室楽しかったわねぇ。いつものメンバーもいいけど、桐島さんみたいな人が来てくれたら、新鮮でいいわぁ」

森久保は、先日のことを思い返すように胸の前で手を組む。

「実はさっき、駅のところで会っちゃったのよ。お住まいは高円寺だけど、この辺に用事があったんですって！　お茶に誘ったのにまた今度って言われちゃって」

「お忙しいんでしょうね」

優子は苦笑しながら相槌《あいづち》を打つ。確か申し込み用紙の職業欄には、カメラマンと書いてあったはずだ。優子にとっては縁のない業界なので、どんな仕事をしているのか想像もつかない。

「また教室に来てくださいねって、言っといてあげたから！」

誇らしげな顔をして、森久保は鼻息を荒くする。

「ありがとうございます」

優子は素直に礼を言う。少しおせっかいでおしゃべりなところはあるが、基本的には善意の人だ。

「あ、そうそう、それで今日はね、うちの孫が、エディ……エディなんとかっていう食べられるお花……」

「エディブルフラワー？」

「そうそう！　その食べられるやつを育ててみたいっていうのよ。子どもでも育てられるやつあるかしら？」

さっさと話題を変えて、森久保は店の一角に設けられたコーナーへと目を向ける。そこには、一見して何の変哲もないサルビアやマリーゴールドなどの鉢植えが並んでいる。しかしそれらはすべて、農薬を使用しない厳しい管理の行き届いた農園で、エディブルフラワー用に育てられた苗を仕入れたものだ。肥料などに気を付ければ、家庭でも十分に育てることができる。

「大丈夫ですよ。基本的には、ハーブなんかを育てることと一緒ですから。育て方を書いたカードもお付けしますし、わからないことがあれば何でも訊きに来てください」

花の種類を紹介しつつ、優子は微笑む。エディブルフラワーという存在を知ったのは、飲食店に勤めていた二十代の頃だ。その頃から花屋への憧れはあり、自分の店を持った暁には必ず取り扱おうと決めていた。

「助かるわぁ！　やっぱり優子ちゃんは頼りになるわねぇ。じゃあ今度、孫と一緒に選びに来るわ」

そう言って、森久保はふと声のトーンを落とした。

「ところで、今日透羽くんは？」

興味と心配がないまぜになった目を向けられ、優子は苦笑する。常連である彼女は、この店でお手伝いと称して動き回る甥っ子の姿をよく見ている。世間話の中で、ある程度の事情は話してあった。

「今日は家にいます。なかなか、学校に行く気も起こらないみたいで」

優子がここに店を持って二年ほどたった頃から、二駅向こうのマンションに住む義姉《あね》が、しばしば当時幼稚園児だった透羽を預けていくようになった。最初は買い物に行く一時間だけ、美容院に行く二時間だけ、という短時間の頼みだったので、優子も気安く引き受けていたが、そのうちにそれが半日になり、一日になった。本来ならそこで迷惑だと伝えるべきだったが、もともと両親の美しい部分だけを見事に引き継いだ容姿と、生来の愛嬌と頭の良さのある透羽は、優子の考えを見抜くように率先して手伝いをした。幼いながらも打てば響くような吸収の良さに、優子は簡単な仕事を教え、くるくると働く可愛《かわい》らしい少年は、瞬《また》く間に近所の評判となった。そんなこともあり、今では義姉からの託児を甘んじて引き受けている。

「やっぱりご自宅で何かあったのかしらねぇ」

片手を頬にあて、同じくらいの年の孫を持つ森久保は、心配そうに首を傾《かし》げる。優子の元に自分の居場所を見つけた透羽は、今年の春小学校にあがってからは、電車に乗って自主的に優子を訪ねるようになった。そしていつの間にか、店と優子の家に入り浸るようになっていた。今年の夏休みの後半ごろからは、自宅に帰ることすら嫌がるようになり、なし崩し的に優子の部屋で過ごしている。

「そこまでは私にもなかなか話してくれなくて。とにかく今は、彼の中で決着が付くのを待ってみます」

優子は曖昧《あいまい》に答えをぼやかして笑った。息子が自宅に帰りたがらない異常事態だというのに、兄夫婦は会いに来ようともしない。義姉は一度電話を寄越したが、透羽をヒステリックに怒鳴りつけるだけで、話を聞こうとはしなかった。優子の実の兄である透羽の父は、仕事の忙しさを理由に子育てはすべて妻に任せていると言い、関わる気が全くない。自分を必要としてくれない家庭に、誰が帰りたいと思うだろうか。

いっそ透羽が、自分の子どもだったらよかったのに。

この店で、必死に自分の居場所を確保しようとしている彼を見ていると、どうしようもなくそんな想いに駆られる時がある。頭もよく、天使のように可愛いあの少年を、どうして邪険に扱うのか。三十五歳を目前に控え、未《いま》だに独身で子どももいない優子にとって、兄夫婦の振る舞いは不思議で、同時に腹立たしかった。

「また、いつでもいらしてくださいね」

「ありがとう、またね」

そんな会話をして、店先で森久保と別れた。相変わらず日差しは強く、二軒先に小さな八百屋《やおや》があるが、そちらでも主人が暇そうに団扇《うちわ》を扇《あお》いでいる。優子は店の前に並べてあった鉢植えの落ちてしまった葉を取り除き、店内に戻ろうとした。

「すみません」

ガラス戸に手をかけた瞬間、涼やかな声が耳に届いて、優子は振り返る。いらっしゃいませ、と口にしようとして、結局言葉にできなかった。嘘《うそ》でしょう？　と、心のどこかで自問する。

また、彼に会えるなんて。

「花束をひとつ、お願いできますか？」

マンションの前で出会ったあの日と同じ、どこか妖艶《ようえん》な色香を漂わせて、白皙《はくせき》の青年はにこやかにそう注文した。


自らの容姿が凡庸なものであることは、三十数年付き合ってきた自分が一番よく理解している。どんな遺伝だったのか、四つ上の兄がハーフを思わせるような可愛らしい顔つきだったこともあって、幼い頃から親にすらお前はパッとしないと言われて育ってきた。しかし幸い卑屈になることもなく、友人たちとともに平凡な子供時代を過ごし、思春期らしい片思いもした。大学に入ってからは恋人もでき、凡庸な容姿なりの、ごく普通の生活を送ってきたと思う。特段大きな波もないけれど、平穏な幸せがあったそこに、一片のほころびが見え始めたのは、いつの頃だっただろう――。

「ここのお店の方だったんですか。先日は失礼しました」

知り合いの命日だからと、法事用の花束を注文した青年は、優子と会ったのが二度目だと気付いて、偶然ですねと笑った。

「最近この辺りに引っ越してきたので、まだあまり土地鑑がなくて……。この前も、いろいろ探索してたんです」

「そうだったんですか」

表面上はあくまでも平静を装《よそお》いながら、優子は手早く花材をそろえていく。法事用の花束など、珍しい注文ではない。予算を聞いて、それに合わせて淡い色味の花を選んでいくだけだ。しかし近くで碧が見ていると思うだけで、優子の肌は否応なく火照《ほて》った。

ちらりと盗み見た彼の手は染《し》みひとつなく、爪《つめ》の形すら美しい。自分の水仕事で荒れた手が、恥ずかしくなるくらいだ。この暑い最中《さなか》長袖を着ていても、まったく暑苦しく見えないのは、彼の冷たそうな肌がそうさせているのかもしれなかった。

「亡《な》くなった方がお好きだった花とか、色はありますか？」

仕事に集中しろと自らに言い聞かせて、優子は手元に目を向けたまま尋ねた。自分とは別世界に住むような容姿の彼に、恋愛感情を抱いているわけではない。自分には一生手に入らないその美しさが、ただただ尊く、眩《まぶ》しかった。

「……そうですね」

少し思案気に首を傾げて、青年は目を落とす。

「できれば、ピンクと白のバラを入れてください」

「かしこまりました」

頷《うなず》いて、優子は中が低温で保たれているキーパーのガラス戸を開ける。ここには、様々な種類のバラや、すでにアレンジメントとして完成させた商品を置いてある。切り花にとっては、五℃から十℃に設定された場所で保管されるのが一番よいとされ、商品の回転率と花のもちを考えても、この店のような路面店にキーパーは欠かせない。

「ああ、バラなんかはこっちに入ってるんですね」

不意に頭のすぐ後ろで声がして、優子は小さく息を呑んだ。傍で青年がキーパーの中を覗き込んでいる。流れ出した冷気が足元に降りて、優子の足首をかすめた。

「そ、そうなんです。切り花は暑さに弱いので、高価なバラや、ランなんかはこっちに……。しおれてしまうと、商品価値が無くなってしまうので――」

――商品価値。

そう口にした瞬間、優子の脳裏を嫌な手触りの記憶が走った。

――女なんて、二十代過ぎたら全員、商品価値なんてなくなるだろ？

忘れようとしても忘れられない尖《とが》った言葉が、塞《ふさ》がっていたはずの傷口を抉《えぐ》る。悪びれることもなくそう言ったのは、昔付き合っていた恋人だった。

「どうかしましたか？」

手が止まった優子に、青年が問いかける。振り向くと、整いすぎて、逆に射抜かれてしまいそうな眼差しが真《ま》っ直《す》ぐに優子を見つめていた。

「……あ、なんでもありません」

まるで心中を覗かれてしまったような気まずさに、優子は曖昧に笑みを浮かべてみせる。早くなる鼓動に、背中を汗が滑った。

「すみません、素人《しろうと》の質問で申し訳ないんですが」

空気を変えるように、青年が笑みを含んで問いかける。

「ガラス戸の中にあるアレンジメントと、あちらの棚にあるアレンジメントはどう違うんでしょう？」

青年が指した先には、プリザーブドフラワーのアレンジメントがあった。ラウンド型や、ドーナツのようにリース状になったもの、中央に時計を組み込んだものなど、様々な種類がある。見た目には生花と変わらないので、確かにキーパーの中にあるものと区別はつかないだろう。

「あちらはプリザーブドフラワーです。生花を薬剤で加工して、枯れないようにしてあるので、常温でも大丈夫なんです。とはいえ、あれは売り物じゃないんですけど」

棚へと目をやって、優子は苦笑した。

「あんなにきれいなのに、売り物じゃないんですか？」

「あれは私の趣味で、自宅で作っているんです。売り物にするにはまだまだ修業が足りません」

どうしても頼まれた場合は、安価で譲ることもあったが、保存期間などの保証ができないので、店頭では売らないことにしている。青年は興味深げに、棚に並ぶ鮮やかな花々を眺めていた。

「こんな感じでいかがでしょうか？」

出来上がった花束を包む前に、優子は花材を手に持った状態で色合いなどを青年に確認する。それをいろいろな角度から眺める彼の表情を、優子は無意識に見つめた。無垢《むく》な黒髪が額にかかる様も、通った鼻筋と、形の良い頤《おとがい》も、すべてが精巧な彫刻のようだ。瞬《まばた》きをすることも惜しむように、優子はその姿を目に焼き付ける。

いっそ本当に彫刻であれば、永遠に眺めていられるのに。

「いいですね、これで包んでください」

やがて青年は満足そうに微笑んで了承した。しかし、目が合ったはずの優子が呆けたように立ち尽くしているのを見て、首を傾げる。

「何か？」

「あ、いいえ！　すみません！」

我に返って、優子は慌《あわ》てて頭を下げた。

「お客様があまりにお綺麗なので、つい見惚《みと》れてしまって……」

「僕が？」

青年は驚いたように目を瞠《みは》って、そっと笑った。

「ここにある花の方が、よっぽど綺麗ですよ」

「そんなことありません。初めて会った時から、モデルさんかなって思ったくらいなんですから」

切り口を整え、湿らせた脱脂綿で包み、その上からまたアルミホイルを巻く。優子は慣れた手順で段取りを進めた。その優子の手元に、青年が目を向ける。

「それを言うなら、あなたの甥御さんだって、かなり可愛らしかったですよ」

「あの子は兄の小さい頃そっくりなんです。外国人の血が入ってるように見えるでしょ？　あれ遺伝なんですよ。私には伝わらなかったのに」

おどけてみせる優子に、青年が微笑む。

「気まぐれな遺伝子ですね」

「そうなんです、それなのに私、父親とは黒子《ほくろ》の位置が一緒なんですよ。そんなところで遺伝子の神秘見たくないですよね」

綺麗なので見惚れたと正直に口にしたことで、少しだけ緊張がほぐれたのかもしれない。饒舌《じょうぜつ》になる優子の言い分に、青年は肩を震わせて笑った。その笑顔があまりにも完璧《かんぺき》なものに見えて、優子は陶然とする。

「でも僕は、そんな平凡な遺伝の方がずっといいと思いますよ」

青年が苦笑しながら、そんなことを口にした。

「妙に目立ってしまう外見は、必ずしも良いことばかりを運んでくるとは限りません」

どこか実感のこもった言葉だった。優子は手元へ向けていた視線を上げる。

「個人的には、普通と違うということが、恵まれているとは思いませんね」

近くの花に目を落としつつも、視線の先に何かを重ねて見るようにしていた青年は、気を取り直したように顔を上げた。

「それこそ年老いて皺《しわ》や白髪が増えたときに、若い頃と面白おかしく比べられたりするかもしれないでしょう？」

肩をすくめる青年に、優子は笑みを返す。しかし心には急に冷たいものが差し込まれた気がしていた。

「ここにある切り花も、いつかは枯れてしまいます。それと同じですよ。若くて美しいことなんて、幻想みたいなものですから」

「幻想……」

青年に狼狽《ろうばい》を悟られまいと、優子は作り笑顔のままでつぶやく。自分の意思とは関係なく、忙《せわ》しなく目が泳ぎ、かすかに手が震えた。その脳裏を、なぜだか無邪気に笑う透羽の顔がよぎる。

「……人間の時も、止めてしまえたらいいのに」

ほとんど無意識のまま優子が漏らした言葉に、青年が怪訝そうな顔をした。

「美しいものは、美しいままでいられたらいいのになってことです」

少し慌てて、優子は付け足した。弁解する額に、汗がにじむ。

「プリザーブドフラワーみたいに？」

「ええ、そうですね」

優子は笑って、自身の手で時を止めた花々を振り返る。

「人間も、あんな風にできたらいいのに……」

そうつぶやく優子を、青年が静かに見つめていた。


「あれ、店長？」

店の前で青年と別れると、優子は一目散にバックヤードの流し台をめがけて走った。

ちょうど休憩を終えて戻ってきたパートの女性が、息を荒げている優子に気付いて様子を窺《うかが》ってくる。

「どうかしたんですか？」

「ううん、大丈夫。外に出てたら、ちょっと暑くて……。お店、お願いしててもいいですか？」

優子は乱れた呼吸を繰り返して、胸に手を当てる。口の中が乾いていた。息を吸うごとに、体の中が干《ひ》からびていくような感覚がする。

「わかりました。何かあったら呼んでくださいね」

パートの女性が頷いて店に出て行くのを見送って、優子は追い立てられるように蛇口をひねる。流れ出した水を両手に受けて、もどかしく口へ運んだ。しかし渇きは強くなる一方で、ただシンクに跳ねる水音だけがやけに大きく聴こえた。


――え、優子ってもう三十だっけ？　年食ったよなぁ。

飲食店で働いていた頃に付き合っていた二歳年上の恋人は、女性の若さに異常なほどこだわる人だった。若いだけで価値がある。若いからこそ美しい。そんな偏狭な価値観を、臆面《おくめん》もなく口にする。お互い二十代前半で付き合い始めた頃は、そのような片鱗《へんりん》も見せなかったのでわからなかったが、共に年を重ねていくうちに、その執着ぶりに気が付いた。若い女性のバイトスタッフが入ってくると、指導という名目でちやほやと構い、その子の前で優子を指して『怖いおばさん』などと揶揄《やゆ》することもあった。言い過ぎだとたしなめれば、冗談だから本気にするなと、逆に鬱陶《うっとう》しがられる。飲み会では、七歳年下の彼女を連れた友人を露骨に羨《うらや》ましがり、優子への扱いはぞんざいになるばかりだった。

──オレさぁ、もうお前のこと女として見れないわ。だから別れよ。

三十歳の誕生日を三ヵ月後に控えたある日、彼は二十歳の大学生との浮気をどこか誇らしげに自ら暴露して、そんな言葉を放り投げてきた。

元々花屋の開業を反対されていたし、優子自身彼の幼い言動に付き合いきれなくなっていたのでいい機会だった。今思えば、どうしてあんな男と付き合っていたのかすらわからない。良いところもたくさんあったはずなのに、思い出すのは女性の若さに執着する発言だけだ。自分も老いていくことなど棚に上げて、瑞々《みずみず》しい肌を称賛する。共に歩んできた数年間は、一体何だったのだろう。甘く笑い合えていた日々は、本当に現実だったのだろうか。

恋人と別れてから、優子はその鬱憤を仕事にぶつけて生きてきた。計画通り開業し、寝る間も惜しんで店のことを考え、開店して一年たってようやく様々なことのメドが立った。しかしその頃から、じわじわと遅効性の毒に侵されるように、たった一人で年老いていく自分のことが気になり始めた。鏡を覗いて覚えのないシミの数を数え、消えなくなった皺をなぞり、荒れた手を自覚する。バケツの中で萎《しお》れてしまった花を見つけては、自分の姿と重ね合わせた。今日より若い日はないのだと、テレビで聞きかじった誰かの台詞《せりふ》が胸を突く。

もしも、幸せだったあの頃のまま時間を止めてしまえたら。

もしも若いままの姿でいられたら、何か変わっただろうか。

そんな突拍子もないことを考えては、バカバカしいと気を取り直す日々が続いた。

美しい花ですら枯れてしまうのだ。とりたてて美しくもない平凡な自分が、老いに逆らうなどおこがましいことだ。

……けれど、けれどせめて。

美しいものは、美しいまま保存できないだろうか。

気がつけば、そんなことを考えるようになっていた。


換気のために細く開けている窓から、温《ぬる》い空気が入ってくる。優子は傍らに置いてあったダリアの鉢植えに目を留めた。エディブルフラワーを仕入れている農園から取り寄せた物で、花弁をばらしてパック詰めにし、店に出そうと思っていたものだ。先端が尖った形状の花びらは、優しい朝焼けのような紅色が何層にも重なって、中心に行くほど鮮やかな黄色になっている。

「……美しいものは、美しいままで……」

エプロンのポケットから取り出した鋏《はさみ》で、優子はダリアの花だけを切り離した。掌《てのひら》に、こんもりと丸みを帯びた大きな花が、ころりと横たわる。プリザーブドフラワーへと加工すれば、花はその美しい姿を留めていられる。けれど、すべての切り花を救えるわけではない。土に根差していてなお、花は枯れていく。

こんなにも美しいのに。

こんなにも綺麗なのに。

いつかその花弁は腐って土へと還《かえ》ってしまう。

摘み取ったダリアを流水にあてると、幾重にも重なった花弁の上で透明な玉水が踊った。優子は頭の高さまで濡《ぬ》らしたダリアを持ち上げ、花弁を自分の方へ向ける。水滴を纏《まと》った花は、瑞々しく美しかった。切り取られても、未《ま》だ生命力にあふれているように感じる。優子はそれをうっとりと見上げ、自分の方へ近づける。花弁を伝った雫《しずく》が額に垂れ、頬に垂れ、雨のように落ちてくるのが心地よかった。そして口元まで持ってくると、舌先で一枚の花弁の雫をゆっくりと味わうように舐《な》めとった。それから今度は、花を齧《かじ》るようにして食いちぎる。いつもより甘く感じるそれを味わっているうちに、ようやく渇きが落ち着いてきた。

「優子ちゃーん」

虚《うつ》ろな目で花を貪《むさぼ》っていた優子は、その声で我に返って瞬きした。家にいるはずの透羽の声だった。

「あ、いたいた！　ドリル終わったから、お手伝いに来たよ！」

店の方からバックヤードへ顔を出して、透羽は笑う。走ってきたのか、白くて柔らかな頬に赤みが差し、綻《ほころ》ぶ寸前の蕾《つぼみ》のようだった。

「わざわざ来てくれたの？　ありがとう」

花弁を呑《の》み込んで、優子は笑う。こんな優しい子が、自分の子どもだったらよかったのに。

「夕方から混みそうだから、助かっちゃうなぁ」

「でしょう？　僕って意外と気が利くんだよ」

そんな軽口を言いながら、優子は甥《おい》の小さな頭を撫《な》でる。汗ばんだうなじすら、貴重なものに思えた。

——こんな子が。

こんな美しい子が、自分のものだったらよかったのに。

二、

「どうぞ、お土産です」

優子の店から都電の線路脇を一駅分ほど歩いた先に、初老のマスターが一人で切り盛りしている老舗《しにせ》の喫茶店がある。店内には幅を取る重厚なテーブルと、座り心地の良いソファが置かれ、客数や回転率などをほとんど無視して営業している。そこで待ち合わせていた桐島は、差し出された花束を見て露骨に顔をしかめた。

「どういう風の吹き回しだ」

「先週のお返しです」

「お返しって、結局お前持って帰らなかっただろうが！」

店内には静かなジャズが流れ、入店時に注文した碧のコーヒーを、マスターがネルでドリップしている。平日の午後、桐島が過去に取材で使ったというこの店に、客は碧たちを含めて三組だけだ。

「ええ、いらないなと思ったので」

「はっきり言うなよ。俺だってお前が喜んで持って帰るとは思ってなかったけど！」

テーブルの灰皿には、もみ消された煙草が三本あった。約束通りの時間に着いたはずだが、珍しく桐島の方が先に来ていたようだ。

「それにせっかくくれるんなら、もっとゴージャスな感じにしろよ。包装もパッとしないし……」

「弔事用だと言ったので」

「なんで⁉　なんでそれを俺にくれようとしてんの⁉」

それでも渋々受け取った桐島が、またピンクと白かよ、とぼやいている。先日のアレンジメントも持ち帰っているはずなので、彼の部屋はさぞやファンシーになるだろう。花束を注文した時は、そんなことなど露ほども狙《ねら》っていなかったが、咄嗟《とっさ》に先日見たアレンジメントの色合いを答えてしまった。

「それで、直接会ってみてどうだったんだよ」

先日桐島から渡されたICレコーダーのおかげで、佐川優子という人間が周囲にどんなふうに思われているのか、そしてどう見られているのかということはよくわかった。だがそれを聞けば聞くほど、今まさに大禍津日神へと育とうとしている穢れの原因がわからず、碧は本人に接触する方法を取ったところだった。穢れの育ち具合を見ておきたかったこともある。

「店先では普通の対応でしたよ。穢れもこの前見たときとほとんど変わらない。ただ……」

マスターがコーヒーを運んできて、碧は目礼する。深煎《ふかい》りの芳《こう》ばしい香りが、鼻腔をくすぐった。

「――花を、食べていました」

白いコーヒーカップに指をかけ、碧はさらりと口にする。

「花？」

問い返して、桐島が眉根《まゆね》を寄せた。

「あー……なんかそういう話、カルチャースクールでしてたような……。食べられる花とかいう……」

「おそらくそれだと思います。向こうは見られていることに、気付いていなかったでしょうけどね」

店を出てから裏手に回り込んだ碧は、換気用に開けられた窓から、優子がダリアを貪るのを目撃していた。予感があったわけではないが、容姿の話をしたときの彼女の反応が、妙に気になったのだ。

「濁《にご》り人《びと》は、何らかの形で水に関わります。飲みたくなったり、浴びたくなったり、水音が聴こえたり様々ですが、彼女の場合は花を喰うことで水分を摂《と》ろうとしているんだと思います。そうでないと、癒《いや》せない渇きに気付いてる……」

狂気じみたあの姿は、彼女が確実に穢れに蝕《むしば》まれている証拠だ。

「でも、なんで花を喰うんだよ。水を飲むのじゃだめなのか？」

確か春に大禍津日神《おおまがつひのかみ》を分離させたＯＬは、水を頻繁に飲んでいたはずだ。桐島はその時のことを思い出しているのだろう。

「花屋を営んでいるくらいですし、花に対して何か、特別な想い入れがあるのかもしれません……」

碧は、もう一度優子と交わした会話を思い出した。

ここにある花も、いつかは枯れてしまう。

若くて美しいことなんて、幻想みたいなもの。

誰だってわかりきっていることを口にしただけなのに、彼女はなぜあれほど動揺したのだろう。

「もしかしたら、永遠の美しさのようなものに、憧れがあるのかも」

「永遠の美しさ、ね……」

桐島はテーブルの上に置いた花束に目を向けてつぶやく。

「そういえば、ここに来る前に、カルチャースクールで隣にいた森久保さんと会ったんだけど」

煙草《たばこ》に火をつけようとした桐島が、思い出したように手を止めた。

「甥っ子さん、随分かわいいらしいな。天使みたいだって、えらく絶賛してたぞ」

「ああ、それは確かに当たってます。僕も見かけましたが、ハーフのような顔立ちなんですよ。彼の父親もそうだったようです。遺伝だと言ってました」

兄妹《きょうだい》に容姿が整ったものがいると、一方は劣等感を抱きやすい。しかし思春期ならばまだしも、今の優子からはそのような卑屈な印象は受けなかった。

「ただ夏休み明けから不登校らしいぞ。自宅にも帰りたがらなくて、ずっと佐川さんとこにいるってよ」

「不登校……？」

問い返して、碧は彼を見かけた日のことを思い返す。確かあれは平日の午後だった。学校から帰宅した後のことと思っていたが、あの頃から学校には行ってなかったのだろう。

「……まずいですね」

ぽつりと、碧は口にする。

「あの甥っ子には、佐川優子の穢《けが》れの残り香がまとわりついていました。行動を共にしていれば、いずれ彼も影響を受けます。できれば引き離した方がいい」

「引き離すったって……」

無茶を言うな、と火をつけた煙草を咥《くわ》えた桐島が渋い顔をした。

「何があったか知らないけど、自宅に帰りたくないって言って叔母の家にいる子どもを、赤の他人の俺たちがどうできるんだよ」

「だから、それを考えるんでしょう？」

「虐待《ぎゃくたい》してるわけでもない、迷惑がってるわけでもない、むしろかわいがってるって話だ。俺たちが入り込める隙間《すきま》なんてねぇよ」

「でも、佐川優子に大禍津日神が生まれてしまったら、間違いなく一緒に暮らしている甥っ子にも影響が出ます。下手をすれば道連れです。それでも黙って見ていろと言うんですか？」

「落ち着け、碧」

いつもより幾分低い声色で、桐島が制した。

「焦《あせ》るなよ。らしくねぇぞ」

サングラスをポケットに収め、桐島は直に碧を見つめる。

「別に、焦っていません」

碧は目を逸《そ》らして、無意識に右腕を触る。銀灰色の皮膚と青黒い斑《はん》が侵食してきていることは、桐島には告げていない。しかしもう三カ月以上加加呑《かかの》んでいないことは、彼もわかっている。この状態が続けば、どうなってしまうのかも。

「……ただ僕は、出さなくてもいい犠牲なら、出したくないだけです」

桐島の口元で、焼けていく煙草の微《かす》かな音がする。ゆらりと立ち上った煙が、排気口の方へと流れた。

「それは同感だ。俺だって誰もかれもに大禍津日神が宿ればいいなんて思わないし、犠牲になる奴《やつ》はいない方がいいに決まってる」

何かを押し殺す表情で、桐島は煙草を吸う。

「でも、芽があるとはいえ、まだ佐川優子に大禍津日神は宿ってないんだろ？　それならもう少しこのままでいいじゃねぇか。もしかしたら、このままずっと宿らないかもしれない。そうすりゃ甥っ子だって心配ない」

煙草の灰を落として、桐島はソファの背もたれに体を預けた。

「だいたい、まだ大禍津日神を宿してない濁り人をターゲットにする時点で、お前の焦りが見て取れるよ」

「だから、焦ってるわけじゃ……」

「おいおいおいおい、俺を誰だと思ってんだ？」

言い返そうとした碧の言葉を遮って、桐島が煙を吐いた。

「お前が調子悪そうにしながら、このクソ暑い中長袖《ながそで》着てウロウロしてんだ。時間がないんだろうってことぐらいわかる」

碧は右腕を触る手に力を込めた。いつもは飄々《ひょうひょう》とごまかしてしまうくせに、こういうときだけはやたら真っ直ぐに見据えてくる。

「でも、急《せ》いては事を何とやらって言うだろ。佐川優子のことは調べつつ、すぐにでも呑める大禍津日神を探せばいい」

「そんなこと……わかってます」

コーヒーに目を落としたまま、碧は口にする。ままならないのは、状況よりも自分の気持ちだ。

「碧」

紫煙をくゆらせながら、桐島が名を呼ぶ。

「心配するな、お前は独りじゃない」

その時一瞬だけ、変色していく肌の疼《うず》きがおさまった気がした。

結婚した兄に子どもが生まれ、翌年の正月に初めて実家に連れてきたとき、ちょうど同席していた優子は、奇妙な違和感を覚えていた。優子の母に抱かれた甥っ子は、まだ生後三ヵ月ほどしかたっていないのに、その顔だちの美しさがよくわかる赤ん坊だった。
しかし彼を産んだ義姉の顔は暗く、祖父と祖母が奪い合うように抱っこをしてもなんの関心も示さない。むしろ、煩《わずら》わしいものが手を離れて、ほっとしているようだった。兄

はといえば、実家につくなりノートパソコンを広げ、会社の資料作りに勤《いそ》しんでいる。両親が話しかけても生返事ばかりで、優子が赤ん坊の話題を振っても、子どものことは嫁に聞いてくれと繰り返すばかりだった。

「私、男の子なんて欲しくなかったのよね」

疑問に思った優子が、義姉と二人きりになったときに尋ねると、彼女はあっさりそんな返答を寄越した。

「医者が女の子だっていうから産んだのに、出てきたら男の子なんて詐欺《さぎ》よねぇ」

その時の衝撃を、なんと言って表現すればいいのか優子にはわからなかった。五体満足の健康な体に生まれただけで、羨ましがる人はいるだろう。子どもを産めたというその事実だけで、泣き叫ぶほど嫉妬《しっと》する人もいるだろう。

壁を一枚隔てた向こうでは、祖父母に見守られて甥っ子がすやすやと眠っている。

実の母から、欲しくなかったと言われていることに気づきもせずに。

「透羽ー」

キッチンで夕食後の洗い物を片付けていた優子は、リビングでテレビを見ているであろう甥を呼んだ。午後八時に閉店してから、片付けや発注、鉢植えへの水やりなどを済ませて、店を出るのは午後九時をまわる。夕食はだいたい前の日に作り置いていたものと、休みの日にまとめて作る常備菜で凌《しの》いでいた。前職が飲食店だったこともあって、料理は苦痛ではない。

「もうそろそろ寝ないとだめだよ」

学校帰りに頻繁に優子の家に立ち寄っていた透羽は、夏休みの後半頃からは泊まることも多くなった。すでに二学期は始まっているが、彼は学校にも行かず、自宅にも帰りたがらない。

優子がリビングに顔を出すと、透羽はソファで横になったまま小さく寝息を立てていた。机の上には、やりかけの算数のドリルがある。学校に行きたくなるまで、家で勉強することを約束させ、今のところ彼はそれをきちんと守っている。裏を返せば、それだけ学校に行きたくないということだろう。

「またここで寝ちゃって……」

優子は微笑《ほほえ》んで、手近にあったブランケットをかけてやる。仕事の都合上、透羽は先に帰して夕食を一人で食べてもらっている。本人は優子と一緒が良いようだが、大人の都合に成長期の子どもを付き合わせるわけにはいかなかった。いずれ学校に復帰するときのことを考えても、生活のリズムはなるべく崩さない方がいい。その代わりに、透羽は優子が帰ってくると嬉《うれ》しそうにじゃれついて、今日の出来事を報告するのだ。

「……こんなにいい子なのに」

眠っている透羽の髪を梳《す》きながら、優子は小さく口にする。

女の子を望んでいた兄夫婦は、それでも一旦《いったん》はきちんと育児に取り組もうとしていた。しかし小学校受験の失敗を機に、ネグレクトは加速してしまった。ママ友のグループの中で、受験に失敗したのが透羽だけということもあり、結果義姉は孤立し、透羽にあたり散らすようになったとも聞いている。それを優子に話してくれた兄は、まるで他人の話をしているように淡々としていた。妻と子どもを守り支えるという、夫と父としての自覚はないように思えた。そして現在は、離婚に向けての話し合いの最中だという。

つけっぱなしのテレビからは、賑《にぎ》やかなバラエティー番組が流れていた。家族そろってテレビを見るというごく普通の団らんを、透羽はほとんど知らずにいるのだ。自分が預かっている今でさえ、一日の大半を独りで過ごしている。寂しくないのかと尋ねたこともあるが、透羽はにこにこと無垢な微笑みを浮かべて答えるのだ。

寂しくないよ。だって優子ちゃんは絶対に帰ってきてくれるから。

その言葉の裏に秘めた悲しさは、たった七歳の子どもが背負うには重すぎる。

「透羽……」

優子は、囁《ささや》くようにその名を呼ぶ。はからずも永遠を意味する音と同じ名前は、その字面《じづら》さえも中性的な美しさを持つ彼によく似合っていた。

「ずっとここにいていいいんだよ」

学校に行かないことも、自宅に帰らないことも、当初こそ心配したが、今はどこかで安堵《あんど》している自分がいる。

「ずっとここで暮らしていいんだよ」

口の中が乾いていた。また花を貪りたくなる衝動が、体の中から湧《わ》き上がってくる。優子は髪を梳いていた手をゆっくりと動かし、産毛《うぶげ》の生えた耳をなぞり、赤みを帯びた柔らかな頬に触れる。

「なんて綺麗《きれい》なんだろう……」

閉じられた薄い瞼《まぶた》は、ガラス細工のようだった。長い睫毛《まつげ》の一本一本ですら、彼を構成する重要な要素だ。

若くて美しいことなんて、幻想みたいなものです。

昼間店に来た青年の言葉が脳裏をよぎった。誰もが等しく老いていくのだと、あたり前のことをあたり前に語った彼の瞳《ひとみ》。

平凡な遺伝の方がずっといい。

本当に？

普通と違うということが、恵まれているとは思いません。

本当に？

それはあなたが、平凡と普通を知らないから。

顔を上げると、中途半端《はんぱ》に開いたカーテンの向こうで、窓ガラスに映る自分の姿があった。何の取り柄もない凡庸な容姿が、年をとる度に衰えていく。自分程度の人間が、もはやそれにおこがましく抗《あらが》おうなどとは思わない。それが生き物の宿命なのだから。しかし、美しいものは美しいまま残すべきだ。あの青年だってきっと、今の姿のまま保存できるならそれが一番いい。

「……いらないのなら、私がもらってもいいよね」

もう一度透羽の頭を撫で、体の内側から溢《あふ》れ出てくる感情に、優子は薄《う》っすらと笑った。

――同時刻。

自宅の風呂場《ふろば》で水風呂に浸《つ》かっていた碧は、青黒い斑が脈打つのを感じて目を開いた。穢れのにおいを追って佐川優子へと向けていた意識が、その一瞬で変容を捉《とら》える。

「……生まれた」

先ほどまでは穢れでしかなかったものが、今確かに大禍津日神として産声を上げた。一体何がきっかけで、佐川優子の中で変化が起きたのかはわからない。ただこれで、計画を実行に移せることだけは確かだ。

碧は自身の中に混在する感情を整理できずに、抱えた膝《ひざ》に額を押し付けた。

「……今更、何を感傷的になる必要がある」

ついに肘上《ひじうえ》まで侵食した銀灰色の皮膚を忌々《いまいま》しく眺め、碧は吐き捨てる。今重要なのは、優子の穢れの理由だ。それがわからなければ、彼女の大禍津日神を銅鏡へ移すことはできない。祓《はら》いには、必ず本人の自覚が必要だ。

美しいものは、美しいままでいられたらいいのに。

優子が口にした言葉を、碧は反芻《はんすう》する。だから彼女はプリザーブドフラワーを作っている。花の美しさを永遠に留めておくために。人間もそうできたらいいと言っていたが、そのこと自体は特別珍しくはない。若さや美しさに固執するのは、ある意味人間の性《さが》ともいえる。直接穢れに繋《つな》がるとは考えにくい。

では、一体何が彼女に大禍津日神を生ませたのか――。

体中の関節のあちこちが痛かった。熱が出る直前のけだるさが、全身を支配している。律に解熱《げねつ》鎮痛剤をもらっていたが、あまり効いているように思えない。思考がまとまらずに、碧は天井を仰いだ。いっそ魚になった方が楽かと思いかけて、目を閉じる。青黒い斑を宿す銀灰色の皮膚が引き攣《つ》れて、その存在を主張した。

この容姿と引き換えに、女神の呪《のろ》いを解けるというなら喜んで差し出すのに。

「……美しいものは、美しいままで……」

つぶやくように口にして、碧は瞼を開いた。そしてふとそのことに思い至る。

優子が指す美しいものの中に、決して彼女自身が入っていないこと。

代わりにそこにいるのは、まだ幼い蕾のような少年なのだと。


碧と行動を共にするようになった当初、桐島は尋ねたことがある。お前が大禍津日神を呑もうと判断する基準は何かと。人口の多い街であればあるほど、ストレスを抱えた人間はごまんといる。それこそ大禍津日神を宿している人間も多いのではないか、ならば選び放題だろうという、単純な考えで訊《き》いたのだ。

「そうでもありません。意外と、大禍津日神まで育てている人は少ないです」

碧は、淡々と答えた。

「良くも悪くも、僕が穢れを呑むとその人の記憶は一部が消えてしまいます。だから、法を犯した犯罪者のものは呑みません。裁けなくなってしまいますから。……ただそれは僕の判断であって、加加呑む者に定められたことではありません。こちらは人間でいられるか魚になるかの狭間《はざま》にいるので、過去にはなりふりかまわず呑んだ人もいたでしょうね。実際僕だって、ギリギリの状態になればどうするかわからない。僕は普通の誰かが、ある日夜叉《やしゃ》になるのを待っているんです。――ただそれだけの、卑怯《ひきょう》な傍観者なんですよ」

「写真の選び直し？」

碧から押し付けられた花束を渋々持ち帰った翌日、桐島は懇意にしている印刷会社を訪ねた。

「そうなの。こっちだって忙しいのに、いい苦行よね」

出版社時代から付き合いのあるここは、先代の社長の娘である寺崎菜穂子《なほこ》が一切を取り仕切っている。従業員は二十名ほどで、学校や企業のパンフレット、それにノベルティなどを主に作成している会社だ。昔から地域密着型で、細々と食いつないでいる、とは菜穂子の談だ。建物も古く、エアコンはやや騒々しい。社長室の木目調の壁には絵画ではなく文字の大きなカレンダーがかけられ、デスク周りには雑然とファイルが積み上がっていた。しかしこの庶民っぽさが、桐島は意外と気に入っている。

「なんでだよ、あれで決定したんじゃなかったのか？」

退職後、いくつかの仕事を斡旋《あっせん》してもらったこともあって、桐島はちょくちょく顔を出している。フリーランスにとっては、こういう人脈が一番大事であり、今日も何か仕事はないかと訪ねたのだ。前回訪れた際、近くにある小学校の来年度のパンフレット用に、カメラマンが撮った写真を選別していると聞いたところだった。

「もちろんそのまま使えるやつもあるわよ。要は、写っちゃいけない人が写ってるのを排除しろっていうことよ」

古いエアコンから吐き出される冷気が、足元に降りてくる。グレーの作業着を羽織った菜穂子は、緩くウェーブのかかった髪をかきあげた。社長といえども、彼女は着飾ったりすることに興味はなく、事務員と変わらない格好で社内を歩き回っている。桐島より幾分年上だということはわかっているが、実際に何歳であるのかは、追及すると問答無用で殴られるので訊かないことにしていた。

「何それ、ホラー系の話？」

「ある意味ホラーと言えばホラーよ」

眉根《まゆね》を寄せる桐島に、菜穂子は口元に手を添えてそっと告げる。

「夏休み中に、教師が児童の母親と不倫したらしいの」

「不倫⁉」

「しかも運悪く、現場を児童が見ちゃったらしいのよ。だからその子のことを考えても、該当教師が写ってる写真を外してほしいんですって」

「……そりゃ相当ヘビーだな」

桐島は不愉快に顔をしかめる。

「で、その教師は懲戒免職？」

「さぁ、そこまでは訊かなかったわ。このこと自体保護者には伏せられてるし、知ってるのは一部の関係者だけよ。教師の方は独身だったみたいだし、停職で他校へ転任が妥当なとこじゃない？」

菜穂子は席を立って、自分のデスクにあった一冊のファイルを持ってくる。

「ただねぇ、目撃した児童の方が、二学期から不登校になってるみたい。このことが原因で親は離婚騒ぎになってるっていうし、当然と言えば当然かも」

なんだか後味の悪い話を聞いてしまった。桐島は麦茶を飲んで、短く息を吐いた。個人的には、大人同士の色恋沙汰《ざた》に、子どもを巻きこむのはルール違反だと思う。もっとも不倫自体が、許されることではないのだが。

「人の良さそうな顔してる先生なんだけど、見た目じゃわかんないもんね」

菜穂子はファイルの中から一枚の写真を取り出して、桐島に差し出した。そこにはまだ二十代と思われる若い男性教師が、体操服姿の子どもたちに囲まれて笑っている。田植えの体験実習だったらしく、皆泥まみれになっていた。

「児童の母親は結構美人で評判だったみたいよ。旦那《だんな》さんも一流企業の人。でも、自宅に男連れ込むのはどうかと思うわ」

「最悪だな」

桐島はますます顔を歪《ゆが》ませる。夫の立場でも、子どもの立場でも、それを擁護する理由が見当たらない。一万歩譲ったとしても、せめてホテルに行くという選択肢はなかったのだろうか。

「馬鹿《ばか》な親のせいで人生狂わされちゃって、その子は本当にかわいそう」

心からの同情を込めて、菜穂子はため息をつく。確か彼女は既婚者だが、今のところ子どもには恵まれていない。だからこそ、何か思うところがあるのかもしれなかった。

「桐島くんはさぁ、誰かいい人いないの？」

突然話の矛先を向けられ、桐島は目を丸くする。

「なんでその話になるわけ？」

「だってさぁ、もういい年でしょ？　今年でいくつになるの？」

「三十二」

「ちょうどいい頃じゃない」

「なにがちょうどいいんだか」

不意に心の中を素手で摑《つか》まれたような感覚に、桐島は愛想笑いでごまかした。出版社時代からの付き合いである菜穂子は、当然のように、桐島の過去も知っている。

「……まだ一年じゃ、気持ちの整理もつかない？」

「まぁそうだね」

ブラインドの隙間から差し込んだ日差しが、色褪《いろあ》せたカーペットの上に躍る。おどけて肩をすくめ、桐島は菜穂子から目を逸らした。一年。それはつまり、この身に大禍津日神を宿し、碧と過ごした年月でもある。

贖罪《しょくざい》の方法は、まだ見つかっていない。

「――あれ？」

ごまかすように手元の写真を眺めていた桐島は、見覚えのある名字が書かれた体操服を着ている児童を見つけた。見間違いかと目を凝らし、サングラスを取ってみたが、やはりそうとしか読めない。

「何？　知り合いでもいた？」

麦茶のお代わりを出そうと、冷蔵庫を開けた菜穂子が振り返る。

「……菜穂子さん、その不倫現場目撃した児童の名前わかる？」

「そこまでは訊いてないけど……」

「頼む、調べて」

珍しく真剣な顔で訴える桐島に、菜穂子が困惑するように瞬《まばた》きした。

桐島が手にした写真の中、男性教師の隣で、あどけない微笑みを浮かべる少年がいた。

日付が変わる時間帯に、優子はキッチンに立っていた。明日の食事の準備はすでに終わっている。早朝の仕入れのことを考えると、本来ならもう眠りについていなければいけないのだが、店からプリザーブドフラワーを運び込むのに時間がかかってしまった。

一度薬剤で脱色した後に、改めて着色をするプリザーブドフラワーは、自然界には存在しない色や、複雑な色でも自由に着けることができる。いわば新たな色を纏わせて、生き返らせることができるのだ。

「……綺麗」

優子の手元には、三日前に着色し、乾燥させていたカーネーションやガーベラが整然と並んでいる。向日葵《ひまわり》のような黄色から、神秘的な青まで、色付いたそれは生花と変わらないように見える。瑞々《みずみず》しさを再生して保存した、理想の姿だ。

「たくさん作らなきゃ……」

どこか嬉しそうにつぶやいて、優子はダイニングテーブルを振り返る。そこには脱色用のアルコールに浸けられた、おびただしい数の花があった。じわじわと溶けだした色素が、透明だったアルコールの液に滲《にじ》んでいく。その傍には、新たに着色液に浸されているものもある。

「もっとたくさん……」

優子は新たにアルコールに浸けるため、持ち帰ってきた生花をバケツから取り出した。そのままでも十分美しい真紅のバラの首元を、ためらいなく切り落とす。

「透羽が、寂しくないように……」

昼間、珍しく兄が店を訪ねてきて、義姉《あね》との離婚が決定したことを告げた。もともと透羽のことが原因で夫婦関係には亀裂《きれつ》が入っており、そこにきて義姉が、透羽の担任の教師と浮気をしたことが決定打となった。出張などで家を空けることが多い兄は、離婚の協議が始まって初めて、自分の妻が透羽を一人残して外泊を繰り返し、ついには自宅に男を連れ込んでいたことも知ったらしい。

いつまでたっても帰ってこない母親を、透羽は自宅でたった独り、どんな思いで待っていたのか――。


「親権は、オレが取った」

その兄の言葉に、優子は口元が緩むのを堪《こら》えた。よかった。これで透羽とは離れずに済む。どうせ兄は一人で育てられないのだから、その役目が自分にまわってくるのは当然のことだ。

「透羽は施設に預ける」

しかしその一言で、優子の思惑は粉々に打ち砕かれた。

「うちの親だってもう年だし、今更子どもを預けられても困るだろ。現に父さんは足が悪くて、母さんの介添えなしに生活できない」

「そ、それなら私が……」

「優子だって、これから結婚するかもしれないだろ？　その時に自分が産んだわけでもない子どもがいて、邪魔にならないとは思えない」

「邪魔だなんて――」

「それに！」

反論する優子の言葉を遮って、兄は神経質そうに顔を歪める。

「オレが、傍に置きたくないんだよ！　あの女の子どもを！」


いろいろなことが。

いろいろなことが優子の心を駆け廻《めぐ》っていた。

愛し合って結婚したはずの二人が、憎み合っていること。望まれて産まれたはずの子が、疎《うと》まれていること。本人の意志とは関係なしに、生きる場所を決められていくこと。

「……透羽」

優子は、リビングの中央に横たわっている美しい少年の名前を呼ぶ。

両親の離婚のことは、改めて兄が伝えに来ることになっていた。ずっとこちらに押し付けていたくせに、なぜ今になって奪われなければいけないのか。今まさに咲こうとする、綻ぶ寸前の瑞々しい蕾を、どうしてむざむざと手放さねばならないのか。

パジャマ姿で、ラグの上に寝かされた透羽の瞼は、相変わらず薄玻璃《はり》のように儚《はかな》い。穢れを知らない柔らかな頰は、ベルベットのように滑らかだ。

優子は心が満たされるように微笑んで、再び真紅のバラの首を落とした。

――奪われるくらいなら、いっそ自分のものにしてしまえばいい。

美しいまま、保存してしまえばいいだけのことだ。

三、

一睡もしないまま朝を迎えた優子は、いつも通り午前五時に家を出た。これから市場へ行って、あらかじめ昨日注文しておいた通りの花材を受け取るのだ。卸店によっては配達してくれるところもあり、優子の店舗ではそれぞれ併用している。まだまだ夏の様相が残るとはいえ、陽が昇るのは随分遅くなった。これから秋が来て冬になれば、辺りが暗いうちに出発するようになる。それは優子が四年間繰り返してきた、平凡な日常だった。

「おはようございます」

マンション脇《わき》にある駐車場へと向かおうとした優子は、その声に呼び止められた。住宅街はまだ静まり返り、時折犬を連れた人が路地を横切るくらいだ。

「……あなた」

振り返った優子は、そこに佇《たたず》むあの美しい青年を見つける。そして隣には、派手なシャツを羽織った桐島がいた。

「さすがに花屋は、朝が早いですね」

驚いている優子にはかまわず、青年は続ける。先日会った時よりも、幾分やつれたような印象を受けた。

「お知り合いだったんですか……?」

品行方正な青年と、チンピラのような桐島に共通点が思い浮かばず、優子はしばし両者を見比べた。

「僕が彼に頼んで、カルチャースクールに参加してもらったんですよ」

「頼んで……？」

青年の言葉の意味が呑み込めず、優子は首を傾《かし》げた。

「ええ、まぁ、そういうこと」

サングラスの奥で、桐島が曖昧《あいまい》に微笑む。なぜだかその笑みに、微かな悲しみを見た気がした。

「僕もこんなにも早く、あなたと再会することになるとは思いませんでした」

青年の双眼に見つめられ、優子は初めてそこはかとない恐怖を覚えた。今まで美しいとしか思わなかった彼の眼が、急に底の見えない深海のように思えてくる。

「……私、市場に行かないと……」

後ずさるようにして、優子は足を引きずった。胸の中で何かが騒いでいる。逃げろと囁く何かがいる。

「佐川優子さん」

名を呼ばれて、優子は息を詰めた。彼の形の良い唇から自分の名前が放たれることは、快感であると同時に逃げられぬ宣告のようでもあった。じわじわと背中を鳥肌がのぼっていく。頭の芯《しん》が痺《しび》れるような感覚がする。まだ涼しい時間帯であるのに、首元に汗がにじんだ。

青年は、そこに佇んだまま問う。

「あなたの甥御《おいご》さんは、まだ生きていますか？」

まるで心臓を鷲摑《わしづか》みにされたようだった。しかしその衝撃とは裏腹に、優子の口元は笑みを形作ろうとする。微かに震える手を握りしめ、唇を引く。

「……何を、言ってるの？」

青年の真意が見えなくて、優子は答えをためらった。桐島の方は、何も言わずに状況を見守っているが、こちらの味方というわけではなさそうだった。

「透羽君は、あなたのところにいるんでしょう？」

「……だったらなんなの？」

「今もご自宅に？」

「それが何？」

問われるたびに、優子は息苦しさを感じていた、口の中が乾いてくる。無性に花に齧《かじ》りつきたくなる焦燥。この青年の傍にいると、全《すべ》てを暴かれてしまいそうな恐ろしさを感じる。

「もうしてしまったんですか？」

表情を変えないまま、青年は口にする。

「美しいまま、保存してしまったんですか？」

――どうして。

どうして、彼にはわかってしまうのだろう。

自分がひた隠しにしてきた願望が。

「答えてください。そうでないと、僕はあなたの大禍津日神を呑《の》むかどうか決められない」

一歩前に出る青年に気圧《けお》されるように、優子は一歩後退する。頭の中が混乱していた。呼吸が早くなって、喉《のど》の渇きが一層顕著になる。答えない優子に、不意に青年が苛立《いらだ》ちを見せた。眉根を寄せて歩み寄り、優子の肩を乱暴に摑む。

「――答えろ！」

薄いシャツ越しに感じた青年の手は、思ったよりも冷たかった。至近距離で見上げた彼の顔は相変わらず美しかったけれど、同時に作り物のようにも思えた。

「碧」

見かねた桐島が、そう呼んだ彼の肩に手をやって引き戻す。青年は忌々《いまいま》しげにその手を払って、憤懣《ふんまん》を隠さないまま顔を背けた。

「時間がないんです……」

自身の右肩に手をやって、彼はつぶやくように言う。しかしすぐに、はっとした様子で周囲に目を走らせた。どうした？　と桐島が尋ねるのを、片手をあげて黙らせる。彼が通りの向こうを凝視するのにつられて、優子もそちらに視線を向けた。

朝の人気のない通りを、一人の女が歩いてくる。酔っているのか、それとも具合が悪いのか、その足取りはふらふらとして頼りない。乱れた髪と、太腿《ふともも》までを覆《おお》うサイズの大きなTシャツ。広く開いた襟ぐりから、左肩がのぞいていた。ボトムは穿《は》いておらず、彼女の白い素足が晒《さら》されているが、靴を履いていない両足は真っ黒に汚れていた。

「あーらどうしたの？　お出迎えー？」

舌足らずのねっとりとした響きを持つ声が、耳に届く。そこで優子は、ようやく彼女が見知った人物であることに気付いた。

「……お、義姉《ねえ》、さん……？」

普段の彼女とは、明らかに顔つきが違っていた。焦点の合っていない目が、ゆらゆらと揺れている。いつも隙なく着飾って若々しく見えた彼女が、まるで不気味な老婆《ろうば》のようだった。

「ねぇ、透羽いるわよねぇ？」

微笑もうとしているのか、義姉の口元が曖昧に引き攣っている。しかしその表情よりも、彼女が右手に握る一本の包丁に全員が目を奪われた。

「……おいおいマジかよ」

桐島がぼそりとつぶやいて、青年の方に目を向ける。

「これって、大禍津日神宿してる感じ？」

「宿しているどころではありません」

まるで義姉がやってくるのがわかっていた様子だった彼は、苦い顔で口にする。

「もう手遅れです……。完全に取り込まれている」

二人の会話には興味を示さず、彼らのことは目にも入っていない様子で、義姉はもう一度優子に問いかけた。

「透羽、いるんでしょう?」

優子は、とにかく相手を刺激しないよう普段通りの声で応答する。

「いますけど、どうしたんですか?」

しかしその返答を聞くと同時に、義姉は想像以上のスピードでマンションの入口へと走り込んだ。

「お義姉さん!?」

一瞬遅れて、優子もその後を追う。相手は正気ではない上、凶器を持っている。下手をすれば、無関係の住人を巻きこんでしまうだろう。

「待って!　お義姉さん落ち着いて!」

「透羽――!!　とわあああああああ!!　出てきなさい!　出てきなさいいいいいい!」

義姉の手が入口のガラス扉にかかったところで、優子は背後から二の腕を摑んで引き留める。わけがわからない。一体義姉はどうしてしまったのか。視界の端で、桐島がこちらに走ってくるのが見えた。青年の方は、どこかに電話をかけているようだった。

「お前がいるから！ お前がいるからこんなことになったのよおおお!! お前なんて産まなければ、産まなければ幸せでいられたのにいいいいい!!」

その細い体のどこからそんな声が出るのか、朝の住宅街に義姉の絶叫が響き渡る。普段からは考えられないような力で、義姉は体をよじって優子を振り払おうとした。

「透羽さえいなくなれば、いなくなれば元通りになるの！ 誠司《せいじ》さんも許してくれる……！ きっと許してくれるのおおお!! だから、だからああ」

桐島も取り押さえようとするが、包丁を持っている相手に、正面からはなかなか手が出せないでいる。

義姉は口の端から泡を噴きながら、けたけたと嬉しそうに笑って叫んだ。

「殺してあげる!! ころしてあげるわよおおお!!」

叫び声とともに、優子はコンクリートの地面へと投げ出された。激痛が全身に走って、一瞬息が詰まる。

「大丈夫か!?」

すぐに桐島の手によって引き起こされたが、優子は自分の足が震えていることに気付いた。彼女が叫ぶ言葉が信じられずに、声すら発することができない。

「碧！ 警察呼んだか!?」

「呼びました。でも、待ってる余裕はないかもしれませんね」

桐島と青年がそんな会話をする。騒ぎを聞きつけて、近所の住人がちらほらと姿を見せていた。優子を振り払った義姉は、急に叫び疲れたように呆《ほう》けた目をする。

「……だって、だっておかしいじゃない。一人目ができそこないだったから、今度こそ優秀な二人目を作ろうって言ったのに、誠司さんが協力してくれなかったから……」

こちらに包丁を向けたまま、あらぬ方を見つめて義姉はそんなことをつぶやいた。

「だから仕方なく、他の男の種を使おうと思っただけなのに……」

言いようのない気持ち悪さが、足元から這《は》い上がってくる。

――狂っている。

確かに義姉だったはずの人なのに、目の前の彼女は得体のしれない生き物に見えた。

「それなのに離婚だなんて……。慰謝料も私が払うんですって……。こんなに苦しんで、傷ついたのに、どうして？　どうして？　どうして？　どうしてえええええ」

頭を掻《か》きむしり、義姉は再び喚《わめ》く。様子を見にきた近所の住人が、壮絶な状況に呆然《ぼうぜん》と立ちすくんでいた。

「おねーさん、とりあえずその物騒なもん置いて、ちょっと落ち着こう、な？」

桐島が声をかけるが、義姉は無反応のまま、何やらぶつぶつとつぶやいている。

「透羽さえいなくなれば元通り……もとどおり……なにもなかったことにできるわたし

たちのこどもをまたつくればいい……」

右手に握った包丁が、鈍く光る。

その時不意に優子の中で、恐怖の対象でしかなかった義姉のことを別のカメラで捉えるような、奇妙な視点の切り替わりがあった。違和感に二、三度瞬きをして、優子は胸を押さえる。熟しすぎた果実のような何かが、どろりと溶けて倦《う》んだ熱を吐いた。

今まで見ようともしていなかったそれが、じわりと広がって胸を焼く。

「お義姉さん……」

優子の呼びかけに、義姉がけだるげな目を向けた。しかし焦点は合わず、ふらふらと泳ぐ。

「あまり刺激しない方がいいです。相手はもう、正気ではありません」

青年が優子に忠告したが、それを無視して優子は口にする。

「……元通りになんてなりません」

体のあちこちが痛かった。地面に倒れ込んだときに、手首を捻《ひね》った気もする。正気でない義姉に何を言っても届かないことはわかっていたが、どうしてもその言葉が口をついて出た。

「元通りになんてなれないんです」

そう口にする優子を、青年が見つめていた。

優子は押さえていた胸のあたりを強く掴んで、振り絞るように声にする。喉が燃えるように熱かったけれど、言わなければならないと思った。

「もう戻れません……あなたも、私も……」

脳裏をよぎったのは、手をつないで過ごした何気ない日常。

隣で弾むように歩いていた、無邪気な笑顔。

優子の言葉に、義姉は小さな子どものように首を振った。

「……そんなことない……そんなわけない……！」

激しく目を泳がせながら、頭を掻き毟《むし》る。長い髪が絡《から》まって、ぶちぶちと音を立てて切れては地面に落ちた。

「だって私が産んだんだから……私が始末すれば……何もなかったことになるでしょおおおおお!?」

再び狂気に取り憑《つ》かれた義姉が、エントランスに向かって突進する。

「やめて──！」

様々な悲鳴が交差した。義姉を捕まえようとした桐島の声も、自分を引き留めようとした青年の声も。考えるよりも先に体が動いて、優子は入口の扉の前に体を滑り込ませる。義姉の顔が目前に迫って、その夜叉のような顔が自分に見えた気がした。

――ああ、なんだ。

そういうことだったんだ。

脇腹に受け止めた鈍い衝撃よりも、重い涙が頬を滑った。

「救急車呼んでくれ！　警察はまだか！」

遠ざかった意識がほんの少しだけ舞い戻り、優子は薄っすらと瞼を開いた。周りがなんだか騒がしい。体の感覚はあまりなかったが、濡《ぬ》れているようで気持ち悪い。随分目線が低くなっていて、ようやく自分が寝かされているのだと気付いた。傍らには、あの青年がいる。目を開けたこちらに気が付くと、今止血していますと簡潔に伝えてきた。

「刃物を持った人の前に飛び出すなんて、何を考えているんですか」

彼の白いシャツが、赤く汚れていた。それが血だと気付いて、優子はようやく自分が刺されたことを理解する。

「……お義姉、さん、は……」

尋ねた声は、思ったよりも随分掠《かす》れていた。口の中に、血の味が広がる。

「さっき桐島さんが取り押さえました。今、近所の人たちと保護しています」

「……そう、よかった」

心から安堵して、優子は口元をほころばせた。途端に、目の前が暗くなっていく。

「よくはありません。素人《しろうと》判断でも、あなたは重傷です。もうしゃべらない方がいい」

やけに冷静な青年の声が耳に届く。優子はもう自分の意思では動かせない四肢を投げ出したまま、少しだけ笑った。

「……罰《ばち》が、当たったのよ」

もっとタオルを持ってこい、救急車はまだなのか、などと叫ぶ住人達の声が遠くに聴こえていた。痛みがないのは幸いだ。傷口を見なくて済むのも助かる。

「……老いない人間なんていないのに……私は、それに、逆らおうとした……」

何か思案気な顔をしていた青年が、やがて首からぶら下げていた紐《ひも》を辿《たど》って、滑らかな光沢のある布袋を引き上げ、その中から鏡のようなものを取り出した。そしてそれを、優子に見えるようにかざす。

「何が、見えますか？」

銀色の鏡面には、蒼白《そうはく》の自分が写っている。しかしじっくりと眺めているうちに、花を喰らっている自分の姿が見えることに気づいた。一心不乱に花弁を貪《むさぼ》って、まるでその美しさを自身の中に取り込むように。

「……結局私も、同じだったのよ……」

優子は薄く笑った。どんなに言い訳を考えても、もう偽ることはできない。

愛しているふりをして、慈《いつく》しんでいるふりをして、本当は自分の欲求を満たすことしか考えていなかった。美しいものに自分を投影した、ただの代償行為でしかなかった。そのためにあの子を利用したのだ。

自分たちの望むものとは違った我が子に、ついぞ人格すら認めなかった兄たちと同じように──。

「……透羽」

音にできない声で、優子はその名を呼ぶ。

産まれたての彼を初めて目にしたときから、今日までのことが早送りの景色のように脳裏を流れていく。いつからこの想《おも》いは歪んでしまったのだろう。甥として大切に思っていたこともあったはずだ。不憫《ふびん》な彼を守ろうと思ったこともあったはずだ。どんなに遅い時間まで一人留守番をしていても、優子ちゃんは絶対に帰ってきてくれるからと笑った彼の顔が、すぐ目の前に浮かんでは消える。

もう一度甥の名前を呼ぼうとして、優子は自分の意思とは関係なく、わずかに体をのけぞらせた。そして体内から逆流するように、口からどろりと黒い液体状のものが零《こぼ》れ落ちる。それを青年が、鏡で掬《すく》うように受け止めた。

「……ごめんね、私、帰れそうにない」

遥《はる》か虚空《こくう》を見上げるような眼差《まなざ》しで、優子は小さく口にした。

「……ごめんね、透羽……」

その双眼から、音もなく涙が零れ落ちる。

「佐川さん……？」

青年が呼びかけたが、優子はそれ以上反応することはなかった。

遅すぎる救急車のサイレンが、遠くに聴こえていた。


佐川優子の葬儀は、都内の葬儀場でひっそりと行われた。内々の小規模なものだったにもかかわらず、生前彼女と親交のあったたくさんの人物が花を手向けに訪れ、祭壇は思いがけず華やかなものになった。

「結局甥っ子は、佐川優子の自宅で眠っていたところを発見されたんだってよ」

葬儀場が視界に収まる一角で、煙草《たばこ》を咥《くわ》えた桐島が煙を吐く。

「睡眠薬を使われた形跡があったけど、害を及ぼすほどのものじゃなかったとか。警察と一緒に入った大家の話によれば、部屋中綺麗《きれい》な花で埋め尽くされてて、まるで天国みたいだったって」

幼い彼を慮《おもんぱか》ったのか、葬儀場に甥っ子の姿はなかった。ただ年老いた両親と実兄が、憔悴《しょうすい》しきった面持ちで頭を下げているのが印象的だった。あの後駆け付けた警察に逮捕された義姉は、連行される際もなお支離滅裂なことを叫んでおり、刑事責任を問えるかどうか難しいところだろう。碧にしてみれば、彼女が自ら生み出した大禍津日神《おおまがつひのかみ》に取り込まれてしまったことは一目瞭然《いちもくりょうぜん》だったが、そんなことが警察に通用するはずもない。まさかこんな結末になるとは、碧も予想できなかった。

「本当のところ、甥っ子をどうするつもりだったんだろうな。これぱっかりはもう、本人しかわからねぇけどよ……」

佐川優子が、生命を奪ってでも美しさを永遠に留めたいという異様な固執を持っていたのは確かだろう。美しさに固執していたことは確かだろう。その対象に、おそらく甥も含まれていたはずだ。それでも彼を実際に手をかけるに至らなかったのは、単に実行前だったのか、それとも最後に思いとどまったのか。彼女の部屋から発見された薬剤などを調べれば何かわかるだろうが、身内でもない碧たちにそれを知る術《すべ》はない。

「……佐川優子の中に、大禍津日神が生まれたきっかけは何だったと思いますか？」

出棺《しゅつかん》の時を迎え、斎場の前がにわかに騒がしくなる。その様子を眺めながら、長袖《ながそで》のシャツを着込んだ碧は尋ねた。

「甥っ子と出会ってから七年。彼女の中で若さや美しさにこだわる思い込みがあったとしても、それまではずっとただの穢《けが》れでしかなかった。それなのに、ある日突然、大禍津日神に変わったんです」

あの日、優子の中に大禍津日神が産まれた瞬間のことを、碧は思い出していた。それまで何の兆《きざ》しもなかったのに、突然膨らんだ穢れが姿を変えた。

「そんなもん、わかるわけないだろ。それがわかれば、お前だっていちいち濁《にご》り人《びと》を追いかけないで済む」

桐島は、携帯灰皿に煙草を押し付ける。紫煙の香りが、まだ夏の暑さを残す風に紛れた。

「……僕のせいかもしれません」

鉛の塊を吐き出すような鈍痛を伴って、碧は口にした。

「僕が不用意に、彼女を刺激した可能性があります」

彼女の店を訪れた際、自分は確かに、若くて美しいことなど幻想だと言った。あなたの甥っ子ですら、いつかは老いるものだと示唆《しさ》した。もしもそれが、彼女の思い込みに拍車をかけていたとしたら。大禍津日神を生み出してしまう要因となっていたとしたら。

「僕があんなことを言わなければ、彼女は壊れなかったかもしれません。思い直す機会もあったかもしれない。……それに、彼女を調べるうちに、義姉の方にも大禍津日神の可能性があると気付くべきだった」

銀灰色の皮膚に侵された右腕が軋《きし》む。引き攣れて熱を持つそこは、碧の身体《からだ》に倦怠感《けんたいかん》と眩暈《めまい》を連れてくる。人外の者だと、否応《いやおう》なく突き付けるように。

「……お前は正義の味方じゃねぇんだから、網羅しようなんて無茶なこと考えるな。なるべくしてなった結果だろ」

「どうしてそう言い切れるんですか⁉」

桐島が静かに答えるのを、碧は苛立ちに任せて遮った。

「何も確証はないだろ！　同情ならまっぴらだ！　お前のせいだと思ってるならそう言えばいい‼」

激昂《げっこう》に任せて胸倉を掴んだが、桐島は動じることもなく碧を見つめていた。

斎場から運び出された棺《ひつぎ》が、霊柩車《れいきゅうしゃ》の中へ運び込まれる。喪服姿の人々がすすり泣く声が耳に届いた。煙草の匂《にお》いが鼻をつく。思うように力が入らない碧の腕は、小刻みに震えていた。

「……すみません。頭を冷やします」

やがて碧は小さく言って、桐島のシャツを掴んでいた手を放した。彼を責めてどうなるというのだろう。所詮《しょせん》甘えているだけだ。責めて欲しいのは、自分の方だというのに。

「碧」

背を向けて歩き始める碧に、桐島が呼びかける。

「早く大禍津日神を呑め。まだ銅鏡に入れたままだろ」

クラクションを長く鳴らしながら、二人の傍を黒塗りの霊柩車が通り過ぎた。

終

どこをどう歩いたのかはっきりしないまま、碧は池袋の繁華街に一人佇んでいた。衣料品店の電光掲示板に流れる、赤い文字。いかがわしい店と、漫画喫茶の看板が並んで立っている前を、髪をカラフルに染めた少女たちが集団で通り過ぎる。平日だというのに、この街に相変わらず人は多い。ビルの隙間《すきま》から見える空は、水彩絵の具を溶いたように淡く青かった。通りを行き交う人々は、立ち止まっている碧にちらちらと好奇の視線を投げている。人目を引く容姿の青年が憂《うれ》い気に立っているだけで、否応なく興味をそそられるのだろう。

そんな視線を無視して、碧は首にかけた革紐を引いて銅鏡を取り出した。手にした銅鏡からは、蒸気のように黒い靄《もや》が沸き立っている。碧はそれをしばらく眺めてから、珊《さん》瑚《ご》色《いろ》の唇を鏡にそっとつけた。その際柔らかな粘膜に一片の違和感を覚えたが、全身が弛《し》緩《かん》する感覚に思考力は奪われ、盃《さかずき》をあおるように喉へと流し込む。

嚥《えん》下《げ》した瞬間、体の不調が嘘《うそ》のように消えていくのを感じた。右腕にはいつもの感触が戻り、青黒い斑《はん》を宿す銀灰色の皮膚は、右肩の一部へと収縮する。倦怠感は霧散し、視界が広がったような感覚を覚え、頭の中がより明瞭になる。試しに握りしめた手が震えていないことに気付いて、碧はわずかに唇をゆがめた。

そして少しだけ、声を殺して泣いた。

四章　雨ノ楽園

序

視界の端をかすめた面影に、伸也《しんや》はハッとして振り返った。

横断歩道の真ん中で急に足を止めた彼を、後ろを歩いていた中年の男が迷惑そうな顔をして追い越していく。すれ違いざま、お互いに差していた傘の露先が触れ合って雫《しずく》を零《こぼ》した。すみません、と声に出してから、伸也は再び『彼』が歩いて行った方向に目を向ける。しかしすでに駅前の人混みの中に紛れてしまって、その姿は追えなかった。そもそも、本当に『彼』だったのかどうかすらもわからない。

朝から降り続く雨は、午後になってなお止《や》む気配はない。日本上空に居座る秋雨前線のおかげで、今日はずっとこんな天気が続くようだった。点滅する信号に急《せ》かされるようにして、伸也は再び歩き出した。午後からの授業が休講になり、友人と待ち合わせた場所に向かう途中だった。大学から数駅離れたここは、かつて伸也が通っていた高校の近くだ。そこからエスカレーター式に進める付属大学も、すぐ傍にある。

「まさか、な……」

見間違いだろう、と思う一方で、彼がこの街にいても不思議ではないことに思い当たった。

傘の上で雨粒が跳ねる。

耳に残る雨音。

「――浪崎？」

もう一度振り返り、伸也は懐《なつ》かしい彼の名前を小さく呼ぶ。

その声をかき消すかのごとく、勢いを増した雨が濡《ぬ》れたアスファルトを叩《たた》いていた。

一、

「ポテトサラダ？」

十月に入って、ようやく秋めいた陽気になってきたところだった。

都心にしては広い敷地を持つ立華院《りっかいん》学園高等部の校舎は、独立した図書館を中心に、生徒たちの教室や特別教室がコの字型に配置されている。二階建ての図書館の屋上は生徒たちに開放された屋外テラスになっており、担任から呼び出されて先ほどまで職員室にいた伸也は、ようやくそこで昼食を広げた。

「騙《だま》されたと思って、食ってみて」

中等部時代からの友人で、今は隣のクラスにいる伊藤が、ベンチに座る伸也の隣へ強引に腰を掛ける。そして神妙な顔で、スナック菓子のカップを差し出した。

「じゃがりこにお湯入れて混ぜたら、マジでポテトサラダになった」

バスケ部に所属する彼は、背も高く、しなやかな筋肉で覆《おお》われた大人びた体躯《たいく》のわりに、稀《まれ》にこういう子どもっぽいことを大真面目《おおまじめ》にやるのだ。

「……これ、伊藤の昼飯……じゃないよな？」

友人はこんなにジャンクでストイックな食生活だっただろうか。伸也の問いに、伊藤はカップを持ったまま首肯する。

「もう食堂で食った」

「お前弁当派じゃなかったっけ？」

「弁当は二時間目の休み時間に食った。だから、昼飯は食堂でかつ丼《どん》食った」

「……で、これは？」

「デザート？」

自らも怪訝《けげん》そうに首を傾《かし》げる伊藤に、伸也は呆《あき》れた目を向ける。おそらくは純粋にデザート気分で購入したのだろうが、なぜそこにお湯を入れようと思ったのか。

「……まぁ、じゃがりこの原材料、じゃがいもだしな」

仲也は断りきれず、即席のポテトサラダを遠慮がちに口に入れる。確かに市販のポテトサラダと同じような味がするが、それ以上でもそれ以下でもない。それなら最初から、ポテトサラダを惣菜《そうざい》として購入する方が正解のような気がする。

「ていうか、そのレシピってだいぶ前からネットに載ってるよ」

仲也の隣のベンチで、ホットドッグを片手にモバイルパソコンを起動させていた野口が、のっそりと目を向けた。仲也と同じクラスで、よく行動を共にしている彼は、また制服がきつくなったとぼやきつつも、休み時間の間食をやめられないでいる。思春期の男子と食欲は、どうあっても結びつくものなのだろうか。

「マジで⁉」

「じゃがりこ　ポテトサラダ　で検索してみろよ」

「世紀の大発見だと思ったのに！」

伊藤が真実に驚愕《きょうがく》している間に、仲也は母親が持たせてくれた弁当をつついた。毎日二切れ入っている玉子焼きは、仲也が子どもの頃に好きだった甘い味付けのままだ。今は出汁《だし》の味付けの方が好みなのだが、なんとなく母に伝えそびれている。

「伊藤ー、バスケしに行こうぜー」

テラスの入口で、級友が伊藤を呼ぶ。休み時間に開放されている体育館で、彼はよく少人数でストリートバスケの真似事《まねごと》をやっているのだ。ゴールをひとつだけ使って、とにかくそこにボールを入れた者が勝ちというシンプルなゲームだ。

曖昧《あいまい》な声で返事をして伊藤が立ち上がり、その拍子に、伸也がベンチに置いていた数冊の本が、彼の脚に当たって雪崩《なだれ》のように落ちた。

「あ、悪い」

気付いて足を止めた伊藤に、伸也は問題ないと手をあげる。弁当を食べ終わった後に読もうと思っていた小説と、野口と答え合わせをする約束をした数学の問題集。伸也はそれらを拾い上げ、落下を免れた天体図鑑の上に重ねて置いた。

「……あのさ中原」

本から顔を上げた伸也に、伊藤が少し躊躇《ちゅうちょ》しつつ切り出した。

「今日、放課後時間ある？　ちょっと話があるんだけど」

「話？　いいけど、お前部活だろ？」

「すぐ済むから」

伊藤はまたメールする、と言って踵《きびす》を返した。彼にしては珍しく、歯切れの悪い物言いだった。

「部活でバスケやって、休み時間にもバスケやるって、伊藤も相当好きだよなー」

ホットドッグを平らげ、今度はチキンサンドの包みを解きながら、野口が級友と連れだって屋外テラスを出て行く伊藤を見やる。

「立華院生にしては珍しいというか、もったいないというか……」

そうぼやく野口に、伸也は同意しつつ苦笑する。

「あいつは立華院生の中でもちょっと特殊だろ。高等部に進むときに、バスケのために転校するかどうか揉《も》めたじゃん。結局親に説得されたみたいだけど」

去年のちょうど今頃、伊藤はこのまま立華院の高等部に進むか、それとも本気でバスケができる他の高校へ進むか迷っていたのだ。伸也はその相談を何度か受けたので、よく覚えている。

「あー、あったな、そんなことも」

チキンサンドにかぶりついて、野口が思い出したように頷《うなず》いた。

「でも今、わりと楽しそうにやってるし、これでよかったのかもな」

伸也たちが通う立華院学園高等部は、偏差値七十を超えるいわゆる進学校だ。中等部から大学までがあり、よほどの事情がない限り、編入はあっても転校の話はあまり聞かない。『伸びやかに、協調性、自主性、気品を重んじる』ことを校風としており、勉強こそ大変だがその他は意外なほど自由だ。夏の体育のあとには水浴びをしたり、教室の後ろでカルピスをヨーグルトらしきものにする実験が行われていたりと、男子校ならではの少々伸び伸びしすぎる一面もある。しかしそれは、十代の男子が集まれば仕方のないことなのかもしれなかった。

「それで、そっちはまた忙しそうだけど？」

タッチパッドに指を滑らせる野口に、伸也は目を向けた。運動が苦手な彼は、その反面パソコンやネットの扱いに長《た》けている。雨後の筍《たけのこ》のように現れるＳＮＳも、いろいろと使いこなしているようだ。

「炎上、続いてんの？」

スティックピックに刺さったミートボールを頬張りながら、伸也は尋ねる。一部分に芝生が敷かれた屋外テラスは、中央に花壇があり園芸部が世話をしている。来賓にも評判がいいらしく、今は何株かあるバラが見頃を迎えていた。

「鎮火の兆《きざ》しが見えない……」

野口は画面を見ながらため息をつく。ここのところ、彼は延々とブログの問題で頭を悩ませているのだ。

「コメント欄に執拗《しつよう》に張り付いてる馬鹿《ばか》が、また変なこと書いてる。なんなんだよこいつ」

野口の隣から液晶画面を覗《のぞ》き込むと、彼の書き込んだ他愛ないアニメの感想に、噛《か》みついているコメントがあった。あれを観《み》てこんな感想を持つなんて気持ちが悪い、社会不適合者、ブログやめてしまえ、消えろ、読んでると寒気がする、精神異常者、など、読むに堪えない言葉が並んでいた。

「だからプライベートモードにしろって。友達にしか見られないようにすればいいだろ」

　野口がこの被害を受け始めたのは、夏休み中のことだ。その時は放置すれば収まると思っていたようだが、一向にその気配はなく、最初は書き込みの内容にケチをつける程度だったものが、今や人格否定するまでに至っている。伸也からすれば、顔も知らない相手にここまで言えることが不思議で仕方がない。しかし荒らしている方からすれば、顔を知らないからこそ好き勝手なことが言えるのだろう。もはやそれは妄言以外の何物でもない。

「ここでプライベートモードにしたら、負けみたいで格好悪いだろ。それにネットは、世界中から誰でもアクセスできるから意味があるんだ。誰がいつオレの才能に気付いて連絡をくれるかわからない、オレはその可能性を潰《つぶ》したくないんだよ！」

「あーはいはい」

　何度聞いたかわからない台詞《せりふ》に、伸也は適当に相槌《あいづち》を打つ。彼の才能とは一体何なのか。アニメの感想を書くだけなら、誰にでもできそうな気がするが。

　伸也は、この屋外テラスを見下ろす位置にある四階の廊下に目を向けた。テラス側の壁がガラス張りになった廊下は、歩いていく人の姿がよく見える。伸也はそこに担任の姿を見つけた。四十代半ばの彼の専門は世界史なのだが、常日頃から白衣を愛用している。チョークの粉で服が汚れないように、とのことだったが、伸也にはそれが理系へのコンプレックスそのもののようにも思えていた。

「あ、そういえば、さっき担任に呼び出されてたじゃん？」

箸《はし》が止まっていた伸也の目線を追って、野口が問いかける。

「なんか言われた？」

「あー、いや……」

我に返って、伸也は肩をすくめた。

「小テストの点数下がってるって。オレ、休み明けの実力テストも順位下げたから」

立華院では毎週、各教科ごとに小テストが行われる。先週の復習さえしておけば点が取れるものなのだが、近頃それの成績が芳《かんば》しくないと、注意を受けたところだった。

「あーそれ、明日は我が身」

野口がしかめ面《つら》でつぶやく。彼もここのところ、炎上騒ぎに気を取られて勉強に身が入っていない様子だった。時々、情緒不安定になることもあるという。

「そのうち野口も呼ばれるぞ」

茶化すように言って弁当に手を伸ばした伸也は、不意に耳に届いた音に顔を上げた。

「……雨？」

確かにコンクリートを叩く雨音が聴こえた気がして、空を仰ぐ。

「野口、雨が……」

そう言いかけた伸也の声は、尻切《しりき》れになった。見上げた上空には雲ひとつなく、秋晴れの青が広がっているだけだ。

「雨？　気のせいだろ」

カフェオレを飲みながら、ちらりと空を見上げた野口は、再び液晶画面に見入る。

「……気のせい、か……」

伸也は首を傾げて、耳を澄ました。確かに今も、ホワイトノイズのような雨音がかすかに聴こえている気がする。不思議に思いながらもう一度空を見上げた伸也は、誰かの視線を感じて辺りを見まわした。コの字型に配置された校舎の四階の廊下で、一人の生徒が立ち止まり、こちらに目を向けている。テラスを見渡しているというよりも、明らかに伸也たちを注視していた。

「……浪崎？」

小さい頭と、長い手足。その容姿は、遠目でもすぐに彼だとわかった。同じクラスだが、ほとんど話したことはない。

級友は伸也と目が合うと、そのまま表情を変えることなく、廊下を教室の方へと引き返して行った。

浪崎碧は、高等部進学と同時に外部からの受験で編入してきた。出身は関西らしく、学校の近くにある寮で生活している。毎年十数名いる編入組は、一ヵ月もたてばそれぞれのクラスの中に馴染《なじ》んでいくのだが、浪崎碧は今に至るまで一人で行動することを常としている。編入試験では歴代の最高得点を取得し、それに加え透明感のある白い肌と中性的な顔立ちの彼は、入学当時から同級生はおろか先輩や教師の注目の的だった。しかし彼はどんなに親しみを込めて話しかけられても、頑《かたく》なに不愛想で素っ気ない返答しかせず、いつしか周りに距離を置かれるようになっていったのだ。

そして一方で、真偽のわからない噂《うわさ》も流れた。特にそれは彼の出身地に関することが多く、碧の実家は某島で、そこには海の神に呪《のろ》われた一族が住んでいる等の話が、同じ地方の出身だという生徒、またはその友人から聞いたなどという曖昧な出所から、細部を変えつつ学園の中を行き交った。本人の耳にも入っていたはずだが、碧がその件についで何か行動を起こすこともなく、また大半の生徒がくだらないと一蹴《いっしゅう》したことで、その噂も梅雨の頃には立ち消えていた。

五時間目の数学の授業が始まって、教師が黒板にチョークを滑らせる中、仲也はこっそりと窓際《まどぎわ》の席へ目を向けた。そこでは張りのある制服の背筋を崩すことなく、浪崎碧が黙々とノートを取っている。昼休み、目が合ったような気がしたが確信はなく、その後特に尋ねてもいない。そもそもこの数ヵ月の間に話したのは片手で足りるほどで、提出物の確認や、移動教室の連絡など、事務的なことがほとんどだった。仲也にしてみれば、誰とも必要以上には交わらない彼は、わざと孤立を望んでいるようにすら見える。だがそこにどんな思惑があるのか、未《いま》だによくわからなかった。

仲也は黒板へ目を戻して、教師が説明する公式をノートに書き写した。無機質な記号を罫線《けいせん》の上に並べながら、前触れなく蘇《よみがえ》った記憶に手を止める。

——そうだ、一度だけ、彼に尋ねたことがある。

今年の初夏、体育の授業のため、ほとんどの生徒がグラウンドへ移動している時のことだった。忘れ物に気付いて一人教室に引き返してきた仲也は、誰もいなくなった教室で着替えている碧の姿を図らずも見ることになった。その際、彼の白い右肩の一部に、光の加減によって銀色にも灰色にも見える皮膚があることに気付いたのだ。そこには青黒い斑《はん》もあり、妙な痛々しさを感じたことを覚えている。

「どうしたんだ、その痣《あざ》」

純粋な心配と驚きで、そう尋ねた。見られたことに気付いた碧は、仲也に怒りのような視線を向け、なんでもない、と不愛想に返答した。彼は塩素へのアレルギーを理由に、水泳の授業はずっと見学しており、おそらく伸也以外にあの痣を目撃した者はいないだろう。

「……海の神に呪われた一族」

他愛ない噂話を思い出して、伸也はその言葉をノートの余白に書いてみる。そして改めて字面を眺め、苦笑した。確かにあの痣は意味ありげにも見えたが、それを信じるほど子どもではない。ただなんとなく伸也には、彼が誰とも馴染まずに孤独を望む理由と、あの痣が関係している気がしていた。

口にできない秘密など、きっと誰にでもある。

伸也は、余白に書いた文字に消しゴムをかける。

自分が今この胸に抱えているもののように、言葉にしてしまえば陳腐で、きっとたやすく絶望にすら変わるものだ。

伸也はもう一度、窓際の席へ目を向ける。こちらの視線に気づくこともなく、碧は黒板から目を逸《そ》らして、四角く切り取られた窓の向こうの景色を眺めていた。そしてまるで息継ぎをするように、わずかに肩を上下させて呼吸する。誰にも気づかれぬよう、ひっそりと。その仕草を見つけて、伸也は自身の中に妙な優越感が生まれるのを感じていた。

あの痣も、今この瞬間の浪崎碧のことも、知っているのはきっと自分一人だ。


さらさらと。

耳の奥では止むことなく雨が降っていた――。


「オレ、部活やめたから」

生徒たちの教室がある四階建ての棟は、基本的に屋上は立入禁止になっている。しかしどこからか鍵《かぎ》のコピーを手に入れる生徒はいるもので、伸也と伊藤もそのうちのひとつを所持していた。

「……やめた？」

「うん、元々遊びだったし、立華院で本気でバスケできるなんて思ってないよ」

放課後、伸也をそこに呼び出した伊藤は、あっけらかんとそう口にした。

「中原にはいろいろ相談のってもらったから、報告しておこうと思って」

突然の告白に面食らっている伸也に、伊藤は苦笑する。

「びっくりした？」

「……びっくりした、ていうか、伊藤は最後まで続けるのかと思ってた」

仲也はゆるゆると息を吐く。何事かと思えば、まさかこんな話だとは思いもしなかった。

「お前、バスケ好きだしさ」

伊藤のことはよく知っている。中等部時代一気に身長が伸びて、膝《ひざ》が痛いとぼやいていたことも。購買で売っていた鶏《とり》そぼろ丼が好きで、おやつ代わりによく食べていたことも。初めて買ったバスケットシューズが、ナイキのエアジョーダンだったことも。履きつぶしたそれを、今でも大事に持っていることも。

親に説得され、立華院の高等部に進むと決めて、それでもまたバスケ部に入ってしまうくらい、バスケが好きなことも。

仲也自身、それほど運動神経がいいという自覚もなく、だからこそバスケをしている伊藤のことは、見ているだけで楽しかった。そのため、仲也は当初、伊藤に本気でバスケができる高校に行けと勧めたのだ。二人してかなり熱く語り合い、伊藤も一時はその気になっていた。結局、叶《かな》わずに終わってしまったが。

伊藤は少し思案するような素振りをして、屋上を渡る秋風に髪をなびかせた。

「続けたところで、内申点への微々たる加点だろ。外部受験には関係ない。東大を目指そうとしたら、それより上げるべきはテストの点数だし」

「東大？」

伊藤の答えに、伸也は目を瞠《みは》る。てっきり彼も、このまま立華院の大学に進むのだと思い込んでいた。

錆《さび》の浮くフェンスに指を絡《から》めて、伊藤は深呼吸するように息を吐く。

「オレの父親、東大卒なんだ。だから昔から、オレも東大に行くんだろうなってぼんやり思ってた」

「……そうか」

それは初めて聞く話だった。伸也は言葉が見つからずに、視線を泳がせる。それならば、彼が部活をやめて受験に本腰を入れると言い出しても、何ら不思議はない。そういえば夏休み明けに文理選択の用紙が配られたのを、伸也は思い出していた。

「……なんか、目指してるものあるの？」

考えてみれば、伊藤とこういう話をするのは初めてかもしれない。高等部になってからクラスが離れたこともあり、休み時間にたまに顔を合わせるくらいだった。部活をやめてまで東大を目指すというのなら、それなりに目標もあるのだろう。

「それ、今考えてる」

しかし冗談なのか本気なのかわからない顔で、伊藤はそう答えた。

「え、でも東大行くんだろ？」

「うん。だけど将来何になるとかどこに就職したいとかは、まだわからない」

自分でも少し困ったような顔をして、伊藤は眼下の景色に目を向ける。

「興味があることはある。勉強してみたいこともある。でもそれが全部将来に結びつかって言われると、よくわからない。ただ何を選ぶにしても、東大卒の方が選択肢が多そうだから」

珍しく弱った顔をして、伊藤は力なく笑って見せる。

「馬鹿みたいだろ、こんな志望動機」

学歴など社会に出れば意味がない、などと言う一方で、出身大学で線引きをする企業は少なからず存在する。どんなに熱意をもって就職を決意しても、そこで仕分けされてしまえば、企業説明会の案内すら届かないと聞く。より偏差値の高い大学に行くことはすなわち、将来の希望を叶えやすい切符を手に入れることでもあるのだ。それを考えれば、不動の最難関校である東大に行くという伊藤の選択は、理にかなっていた。

「……そんなことないよ。目指すことは悪いことじゃない。学部選びに、ちょっと迷いそうだけど」

伸也は伊藤の隣に並んで、曖昧に笑う。ただ一言では言い表せない何かが、伸也の胸の中から這《は》い出そうとしていた。自分でもその正体がわからないまま、悟られまいと笑みを作る。

「オレさぁ、将来ってなんだろうって時々わからなくなるんだよね」

伊藤はどこかほっとしたように笑った。

「それなりの会社に入って、いい嫁さんもらって、マイホームを建てて、親孝行とかしながら、老後をいかに楽に暮らすかを考えて働くんだろ。オレたちが目指してるのって、結局そういうことなんだよな？」

確かに鼓膜を震わせる静かな雨音を聞きながら、自らに問いかけるようにする目の前の友人を、伸也は見つめていた。

「オレ、立華院に来なかったら、バスケ続けてたのかな……」

伊藤の声は、秋風に紛れて消えた。

この制服を着ている限り、摑《つか》みとれる選択肢は多いはずなのに、いつの間にか零れ落ちているものがある。

「……なぁ、中原」

フェンス越しに見える景色に目を向けながら、伊藤が呼びかける。都心に建つこの校舎からは、駅前のファッションビルや、百貨店がよく見えた。煌《きら》びやかだが無機質なそれが、ひしめき合って佇んでいる。

「空って、意外と狭いんだな」

伊藤の言葉に同意もできないまま、伸也は彼の隣に立っていることしかできなかった。

都内に土地を持つ資産家の曾祖父《そうそふ》の代から、中原家の男子は立華院に通うことが通例となっていた。したがって、中原家長男の伸也も当然のようにそのような教育を受け、将来のためだと言い聞かされて受験をした。息子の目から見ても立派な職に就いている祖父や父が勧めるのだから間違いないと、そうすることが自分の選択肢を広げるのだと信じていた。だからこそ、紺色の詰襟に初めて袖《そで》を通した時、苦労が報われたと思えば嬉《うれ》しかった。このレベルの偏差値を維持しておけば、将来何を目指そうとしても不自由はないはずだ。今自分はとても恵まれた選択肢を手にしている。

そう信じて、疑いもしなかった。

「ここのところ、調子が悪いじゃないか」

昼休み、担任から呼び出しを受けた伸也は、野口と待ち合わせた屋外テラスに向かう前に職員室へ立ち寄っていた。

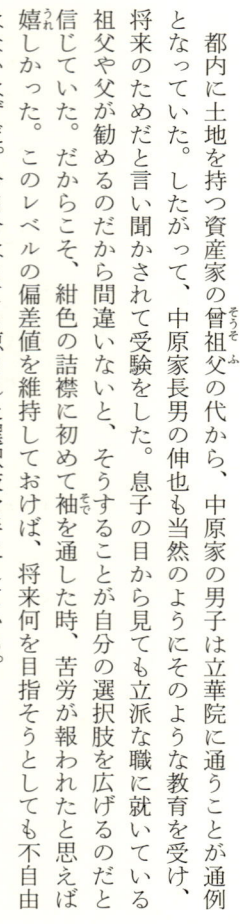

「そういえば夏休み明けの実力テストも、順位が下がってただろう？」

担任の手元には、伸也の小テスト結果があった。週に一回復習のために行われ、内申にも加味していると聞く。しかし伸也は、最近どうも身が入らずにいた。

「中原は確か、このまま立華院大学への進学を希望していたな？　まぁ、曾祖父《ひいおじい》さんの代からうちの卒業生だしなぁ」

伸也の一歳違いの弟も、今は中等部に通っており、来年には高等部へ進学する予定だ。それはすでに中原家では決定事項であり、祖父や父の誇りでもある。

「中原なら大丈夫だろうが、ちょっと気合を入れろよ？　俺も先輩の面目を潰すわけにはいかないからな」

担任は粘度のある視線で、伸也を舐《な》めまわすように眺めた。彼は高等部時代の父の後輩だと聞いている。入学式当日に担任の方から挨拶《あいさつ》をしに来たので、律儀《りちぎ》な人だという印象があったが、同時に媚《こび》を売られた気持ち悪さもあった。男だらけの少数精鋭の学園のためか、一旦《いったん》結びついた先輩後輩の関係は強固だ。

「……はい、すみません」

成績が伸び悩んでいる自覚はあったので、伸也は素直に返事をする。陰で熱血というわかりやすいあだ名をつけられ、生徒からは少々うざったく思われている担任にたてつく気は毛頭ない。

「まぁ成績以外のことだったら、多少融通は効かせてやれる。中原だって親父《おやじ》さんと同じ法学部希望だろ？　学部決定は内申点も重視されるからな」

その言葉とともについでのように渡されたのは、プリントアウトされた一枚のコピー用紙だった。そこには作文コンクール受賞者とあり、最優秀賞の文字の隣には伸也の名前があった。長期休暇の宿題として生徒全員に課せられる作文で、優秀な作品は東京都から表彰されることになっている。当然、内申にも加点となるものだ。

「……融通、効かせたんですか？」

用紙を一瞥《いちべつ》し、伸也は淡々と尋ねた。このコンクールの主催は、確かこの学園とも関係のある財団法人だったはずだ。祖父や父が、毎年寄付をしているという話も聞いたことがある。

「作文がひどければ、受賞はできないもんだよ」

おめでとう、と伸也の肩を叩いて、担任は小声で告げる。

「恵まれた環境は、利用しておくもんだぞ」

そのねっとりとした響きが、未《いま》だ鼓膜に絡みついて離れなかった。

そして拒絶しなかった時点で、すでに自分も同じ色に染まっているのだと、否応《いやおう》なしに自覚させられていた。

伊藤と昇降口で別れてから、伸也はふと夕陽に染まる立華院の校舎を見上げた。赤茶のレンガ造りを基調として、打ちっぱなしのコンクリートを組み合わせて作られた外観は、歴史を感じさせながらも現代風に見える凝った造りだ。ここにいることが最善だと思っていたし、ここにいる限り守られているとも思っていた。そのことは間違っていないし、きっと人生の望ましいモデルケースのひとつだろう。

「……まだ、止まないな」

伸也は右耳に手を当てて、降り続ける雨の音に聴き入った。ただの耳鳴りであるはずなのに、まるで浄化の水のようなそれが、全身に降り注ぐのを想像する。

打算と成り行きによって麻痺《まひ》していく感覚が、もはや正しいものかどうかもわからなくなっていた。

二、

伸也の自宅から徒歩で十分かからない位置にある児童公園の脇《わき》に、幼馴染《おさななじみ》である山下徹《とおる》の家がある。彼とは幼稚園時代からの付き合いで、立華院を志望する伸也に影響されて彼も受験し、九十パーセントの確率で落ちると言われていたのに、それでも合格を果たした強者《つわもの》だ。高等部進学の際もギリギリのラインだったらしいが、なんとか今でも立華院生の肩書を保っている。

ただ問題は、その彼が夏休み明けからずっと不登校に陥っているということだ。

「――それで、結衣《ゆい》にメールしてみたけど、やっぱり返信もなくて……」

夕食後に呼び出しを受けて自宅を訪ねると、幼馴染は薄暗い部屋の中で伸也の到着を待っていた。

「だってもう別れたんだろ？　メールの返信がなくてもおかしくないよ」

何度も訪れたことのある徹の自室で、伸也はパソコンの灯りに照らされながら頬杖《ほおづえ》をついた。傷心なので灯りはつけないでくれ、と幼馴染が言うのでそのままになっている。不登校になってからも、この部屋に煌々《こうこう》と灯りがともっているのを何度も見かけたが、今日はどうやら薄暗さの演出が欲しいようだ。部屋の主はベッドの上で枕《まくら》を抱えて、ぐずぐずと鼻を鳴らしている。気晴らしにと思って何冊か本を持参してみたものの、読書どころではないようだ。

「でもさ、返信くらいくれてもよくない？　メールの返信なんて一分もかからないだろ？　長い人生のうちの一分すら、オレのために割くのは惜しいってこと？」

話したいから来て、というメッセージを受け取った時点で、この話をされることはわかり切っていた。そして案の定、徹は飽きもせず、すでに何度も聞いた話を繰り返した。この幼馴染は、容姿がそこそこ整っていてモテるにもかかわらず、繊細すぎて若干思い込みが激しいところがある。一ヵ月以上続いている不登校の理由も、付き合っていた彼女にフラれてしまったことが原因だ。

「まぁ……結衣ちゃんにとって、お前はもう元彼だってことなんじゃない？」

仲也は、できるだけやんわりとした言葉を選んだ。徹が部屋に閉じこもるようになってから、彼の母親からの頼みもあって、仲也は呼び出されるまま週に何度かこの部屋を訪れている。当初はさすがに辛《つら》かろうと、彼の泣き言をずっと聞いてやっていたが、それが一ヵ月以上続くとこちらも辛くなってくる。しかもその間、徹のどうにかして復縁したいという気持ちは頑固に変わらないのだ。彼女に好きな人ができたから別れた、という原因がはっきりしているだけに、慰めの手段も底を突いてくる。

「なんで仲也までそんなこと言うんだよ……。前はあきらめるなって言ってたじゃん！」

「いや、でも、一ヵ月以上も音沙汰《おとさた》ないんだろ……？」

仲也は、実際その結衣とやらに会ったことはない。友達の紹介で知り合い、夏休み中の一ヵ月ほどの付き合いだったらしい。すっぱりと切り替えた彼女に対し、初めて女性と付き合った徹は、未だ未練があるようだ。

「もういいよ……。オレの気持ちなんてどうせ誰もわかってくれないんだ……。仲也だって前はもっとよく来てくれてたのに……。どうせ面倒臭いと思ってるんだろ……」

「そんなことないって」

枕に顔をうずめる徹に、仲也はこっそりとため息をつく。何かと一緒に行動してきた仲なので、あっさりと見捨てるわけにもいかないのだ。

「親も、伸也も、誰も理解してくれない……」結衣のいない世界なら、死んだ方がましだ……。

この幼馴染は、友人としては面白い奴《やっ》でも、こじれ出すと少々扱いに困る。ストーカーになっていないだけ、まだましだろうか。それでも今の彼から、刃物などはできるだけ遠ざけておきたい。

「徹ー、お茶持ってきたけど、入っても……」

部屋の扉の前で母親の声がして、それに素早く反応した徹が怒鳴り返す。

「入ってくるな！」

彼が投げつけた枕が扉に当たる。伸也はそれを拾い上げて徹の方へ投げ返してから、扉を開けた。

「すみませんおばさん、もらいます」

一旦廊下に出て、伸也は後ろ手に扉を閉める。

「ああ、ごめんね伸也くん」

困ったような笑顔を浮かべて、徹の母親はトレイに載ったティーセットを伸也に差し出した。

「相変わらず、部屋には入れてもらえなくて……」

不登校になって以来、徹は部屋に親が入ることを拒否するようになったという。食事は自室の前まで運ばせ、風呂《ふろ》やトイレに行く際も極力親を避けて暮らしているようだ。彼女と別れたショックと、親を避けることとの因果関係がいまいちよくわからないが、彼の中では紐付《ひもづ》いていることなのだろう。

「おばさんは悪くないですよ。あいつにもよく言っておきます」

「ありがとう。やっぱり伸也君は、頼りになるわね」

その言葉をにこやかに受け流して、伸也は部屋の中へと引き返した。本当に頼りになるのなら、とっくに徹はまともな生活に戻っているだろう。そろそろカウンセリングなども考えた方がいいかもしれない。幼馴染の両親は二人とも大らかすぎるというか、自分にも徹にも過度な信頼を寄せすぎているような気がしていた。

「結衣ちゃんから返信でも来た？」

パソコンのキーボードを除《よ》けてトレイを置き、伸也はベッドの上でスマートホンを触っている徹に目を向けた。

「……来てない」

枕を抱え込むようにして、徹はベッドの上で俯《うつぶ》せになる。

「オレは結衣じゃないとダメなのに……」

そうつぶやいたかと思うと、徹は不意に身を起こした。

「やっぱり、直接会いに行くべきかな⁉」

「やめとけって」

「なんで⁉」

まるで責めるように尋ねられ、伸也は机に寄り掛かりながら腕を組む。

「一カ月以上連絡がないんだろ？　それならもうあきらめろよ。それが結衣ちゃんからの答えなんだよ」

「そんなこと勝手に伸也が決めるなよ！」

爆発するように叫ばれ、伸也は少々面食らって目を瞠る。そんな反論が来るとは、思ってもみなかった。

「……いや、オレが決めたわけじゃなくて……」

「これはオレと結衣との問題なんだよ！　なんで伸也が結衣の答えを勝手に決めるんだよ！」

伸也の言葉を遮って、まるで子どもが地団太を踏むように口にした徹は、ふと何かに思い当たったのか、伸也を見つめたまま愕然とした様子で目を見開いた。

「まさか……伸也お前……」

ゆらりとベッドの上に立ち上がって、徹は伸也を見下ろす。

「結衣と、付き合ってるのか……？」

あまりにも突拍子もない推測に、伸也は真剣に問い返した。

「……何言ってんの？」

「嘘《うそ》つくなよ！　だからオレにあきらめろなんて言うんだろ！」

「あのさ、オレその結衣ちゃんに会ったこともないんだけど」

「そんなのどうとだって言える！　オレの知らないところで、二人で会ったりしてるんだ！」

「そんなわけないだろ」

落ち着け、と呼びかける伸也の言葉も聞かず、徹は目線を逸らさないままゆっくりとベッドから降りてくると、机の上にあるペン立てに挿さっていたカッターナイフを手に取った。その拍子に、数本のボールペンなどが音を立てて周囲に散らばる。

「……徹」

チキチキという単調な音と共に、刃先が伸びる。脅しだとわかっていながら、伸也は後ずさった。

「徹、落ち着けって」

「どうせ恵まれた奴には、オレの気持ちなんかわからないよな？」

見開いた目で伸也を睨《にら》みつけながら、徹が押し殺すようにその言葉をぶつけてくる。

「親が社長で、頭がよくて、明るい将来が約束されてる伸也には、女にフラれて落ち込むオレなんてどうでもよかったんだろ⁉　陰でオレのこと笑ってたんだろ⁉」

明るい将来？

興奮して叫ぶ徹を前に、伸也は頭の芯《しん》が冷えるのを感じた。

そうだ、確かに約束されている。親とおそろいのこの制服を着た時から。

必要最低限の物だけを持たされて進んでいく、傍目には明るく美しい道。

——雨の、音がする。

「二度と来るな！」

そう叫んだかと思うと、徹は体当たりするようにして伸也を戸口へと押しやり、そのまま部屋の外へ締め出した。そして扉を閉める直前に、伸也のトートバッグを投げつけてくる。伸也は咄嗟《とっさ》に右手で顔を庇《かば》い、結果受け止めきれなかったバッグは床に落ちて、持参した数冊の本が廊下に散らばった。

「徹！」

扉を叩《たた》いて呼びかけたが、中からはうるさい！　という怒鳴り声と、泣き喚《わめ》く声が響く。

「伸也に相談したオレが馬鹿だったよ！」

それを聞いて、伸也は扉を叩く手を止める。目の前にある扉が、急に大きな隔たりとなって立ちはだかった気がした。

「……そうだな」

吐き出した言葉は、少しだけ震えていた。

「なんでオレなんかに、相談したんだよ……」

明確な初恋がいつだったかもわからず、未だ女性と付き合ったこともない自分に、幼馴染は何を期待したのだろう。

頭がいいから？　勉強ができるから？

いい知恵を持ってきてくれるとでも思った？

急速に冷静さを取り戻した頭で、伸也はもう一度、徹と自分を隔てる扉を見上げた。

恵まれた奴にオレの気持ちはわからないと言った、幼馴染の言葉が耳に蘇る。

「……お前だって、オレの気持ちなんかわからないくせに……」

そうつぶやいた声は、とても乾いていた。

「伸也くん？」

騒がしさに気付いて、徹の母親が二階に顔を見せた。そして、伸也の足元に散らばっている本に目を留めて、それらを拾い上げる。

「あ……すみません、うるさくして」

慌《あわ》てて自分もしゃがみ込んで、伸也は気まずく謝罪した。

「いいのよ、また徹がわがままを言ったんでしょ？　いつも困らせてごめんね」

あくまでもおっとりと母親は言い、拾い上げた天体図鑑を伸也に差し出した。それを受け取って、伸也は曖昧《あいまい》に笑う。幼馴染の引きこもりの原因は、この甘い母親にもいくらかの責任があると思うのだが、さすがに伸也の口からは何も言えなかった。

「あの子、ああなったら長いから、今日は帰った方がいいわ。遅くなったらご両親も心配するし」

そう促されて、伸也もそれに従うことにした。確かに今の状態の徹と話し合っても、正確なことは何も伝わらないだろう。それに今は自分も、彼と向き合うのが少し辛かった。

徹の家を出て、伸也は手に持ったままだった天体図鑑に気付く。トートバッグから飛び出た際に、ページの一部が変な折れ方をしてしまった。そこの部分を指でなぞって、これ以上傷がつかないようにバッグの中に仕舞う。そして秋の冷気が漂う夜空を、ふと見上げた。

「……いつまで、降るんだろう」

薄墨の空にあるはずの星は見えなかった。それが雲のせいなのか、街明りのせいなのかはよくわからない。

伸也は自身の耳に手を当て、しばらく自分の中から生まれる雨音に聴き入っていた。

「ただいま」

伸也が自宅へ戻ってくると、時刻は午後九時前を指していた。ダイニングでは、ちょうど塾から戻ってきた弟が軽い食事を取っているところだった。

「おかえり、兄さん。また徹君のとこ？」

まだあどけなさの残る弟が、母親お手製のポトフを食べる手を止めて、伸也を振り返る。

「まだ学校行ってないって本当？　このままじゃ内申悪くなるんじゃない？　ただでさえ立華院にはギリギリで滑り込んだのに」

口が達者な弟を、伸也は軽くため息をついて制した。

「あいつにはあいつの事情があるんだよ」

「そうだとしても、兄さんがいつまでも付き合うことないんじゃない？　ほんと、お人好《よ》しだよね」

弟は肩をすくめて、木製のスプーンで煮込まれたジャガイモを割った。的確に現下の問題を突いてくる弟の言葉に、伸也は言い返すこともできずに口をつぐむ。確かに、そろそろ潮時なのかもしれない。

「父さんは？」

仲也はごまかすように話題を変えて、乾燥機から食器を取り出す母親に尋ねた。

「まだよ。今日は食事しながらの打ち合わせだから遅くなるって」

「今度のアプリ、アーティストのExodusとコラボするんでしょ？　ライブとか呼んでもらえるのかなぁ」

羨《うらや》ましそうに弟が天井を仰ぐ。大学在学中、インターネット黎明期《れいめいき》にホームページの制作・運営管理会社を立ち上げた父は、そのまま順調に会社を大きくし、今ではスマートホン向けのアプリ開発にも携わっている。芸能界とも関係が深く、タイアップなどの仕事も珍しくはない。

「お父さんはやっぱり凄《すご》いなぁ」

代々先祖からの資産を受け継ぐ中原家では、父のようにベンチャー企業を立ち上げる人間は珍しく、一族の中でも好奇と尊敬のまなざしで見られることが多かった。そしてそれは息子たちも例外ではない。特に弟は、父を崇拝とも呼べるほど称《たた》えている。自分たち兄弟にとって、父はいつでも憧《あこが》れの存在であり、追いかけるべき相手だった。そして同時に、いつか越えたいと願っている壁でもあった。しかしそれはあまりにも高く、未だ攻略法もわからないまま目の前にそびえたつ。

「お父さんの力で、文化祭に芸能人呼べないかな？」

「また基也《もとや》はそんなこと言って。あんまりお父さんを困らせちゃだめよ」

「えー、でもお父さんならできるでしょ？　学校側は反対するわけないし」

弟は当然のように、その言葉を口にする。

「だって毎年、立華院にいくら寄付してると思ってるの？」

したたかに言い放つ弟の姿が、伸也の目に焼き付いて離れなかった。

自室に戻ってきた伸也は、後ろ手に扉を閉めたまましばらくその場に立ち尽くしていた。自分が思っている以上に、弟は父や祖父の権力や財力を使っていかに得をするか、計算高く世間を泳いでいる。そしてそのことは、ひた隠しにしていた自分の狡《ずる》さをも同時に浮き彫りにする。わかっていたくせに、拒否も反対もしないでいた狡猾《こうかつ》な思惑を。

伸也は、なぜだかこみ上げてくる笑いに肩を震わせた。

「……そうだよな、最初から、決まってたことだったんだ……」

融通は効かせてやれるという担任の声が、頭の中で蘇った。きっと弟も同じような台詞《せりふ》を、誰かから言われているのだろう。

「……馬鹿《ばか》みたいだな……」

笑い声を押し殺す伸也は、持っていたトートバッグをなげやりに床へと放り投げた。

ここに、選択肢はたくさんある。

仲也は自分の両手を見つめた。

弟のように割り切ってしまえばいい。恵まれた家に生まれた者の権利だと、甘んじればいい。その方がずっと楽で、偽善めいた心理でいちいち悩まなくても済むのだから。周りにいる大人は、自分の持つ選択肢をよりハイクラスなものにしてくれる味方なのだ。きっと自分はどこへでも行けるし、何にでもなれる。仮に万が一希望が叶わなくても、父の会社という受け皿が控えている。

どうせそんな将来が、自分を待っているのだ。

仲也は脱力して椅子《いす》に腰をおろした。今自分たちの目の前に用意されている道は、塵《ちり》ひとつ落ちていないほどに美しく、真《ま》っ直《す》ぐに頂《いただき》へと伸びている。そこを進むことに、何のためらいがあるだろう。

しかし一方で、立華院に来なかったらバスケを続けていたのかと自問した伊藤の言葉が、脳裏をちらついた。

耳の奥では雨が降り続いていた。仲也は目を閉じて、その雨音に集中する。さらさらとしたノイズは確かに幻聴であるのに、水の匂《にお》いと、地面に水滴が跳ねる景色を連れてくる。

「……雨脚が、強くなった……」

そうつぶやいた仲也の声も、延々と続く雫《しずく》の足音にかき消された。

三、

翌日は、空から本物の雨が降っていた。

伸也の耳の奥の雨音も、まだ鳴り続けている。一晩眠れば治るかと思っていたが、あてが外れてしまった現状だ。病院に行くべきかと考えつつ、母親にも言いそびれたまま家を出てきてしまった。しかし実際のところ、さらさらと鼓膜を打つ音は不快ではなく、むしろ伸也には心地よくすら感じられた。今のところ他の音が聴こえにくいなどの弊害もないので、もう少しこのまま様子を見るのもいいだろう。そうしたらいつの間にか消えてしまうかもしれない。それこそ、いつの間にか止《や》んでしまう雨のように。

制服と揃《そろ》いのような紺色の傘をさして、二種類の雨音を聞きながら学校へ向かった伸也は、教室に入ると同時に、いつもは自分より早く席についているはずの野口の姿がないことに気付いた。ロッカーにカバンがないところを見ると、どこか出歩いているわけではなく、まだ登校していないようだ。

「珍しいな……」

いつもいる人間がいないと、妙な感じだ。寝坊でもしたのかとメールを打ってみたが、返信はなかった。そういえばブログのことで悩んでいたが、あれは解決したのだろうか。

最近は聞き流し気味だったので、もう少しきちんと聞いてやればよかった。

窓際の席では、浪崎碧が本を読んでいた。作り物のような白い頬を晒《さら》して、ガラス玉にも似た目玉が文章を追って上下に動いている。その美しい容姿を纏《まと》いながら、彼は心中で何を思うのだろうか。立華院の日常にいながら溶け込もうとせず、けれど共に流れていくことを、どんなふうに受け止めているのか。

ふと文庫本から顔を上げた碧が、雨音に誘われるようにして、そこから見える校庭の風景へと目を向けた。そして静かに胸を反らして呼吸する。

もしかしたら彼も、息苦しさを感じているのだろうか。

この、素晴らしき楽園に。


結局野口が登校しないまま本鈴が鳴り、白衣の裾《すそ》を翻《ひるがえ》しながら教室にやってきた担任が、野口の欠席を知らせた。そして連絡事項を簡単に伝えた後、教室を出て行く間際に伸也を手招きする。

「野口のことなんだが――……」

教室から屋外テラスが見下ろせるガラス張りの廊下まで歩いて来て、担任はそう切り出した。

「親御さんから休むっていう連絡があってな。体調を崩したんだろうとのことだが……」

朝から降り続く雨に濡《ぬ》れ、屋外テラスのタイル張りの地面は色を変えていた。花壇に咲いていたバラも、その花弁に雫を躍らせている。

「ただ、最近妙に元気がないというか……。親御さんもそのことで心配されてるみたいなんだ。時々部屋で大声を出したり、ひどく泣いたりすることがあるらしくて……」

ガラス越しに外の様子を眺めながら、今日の昼食をどこで摂《と》ろうかとぼんやり考えていた伸也は、担任の言葉の内容に気付くのが遅れ、我に返って瞬《まばた》きする。

「昨夜も随分部屋で喚いてたらしいし、今朝は起きてこなかったって言うんだ。中原、お前野口から何か聞いてないか？」

それを聞いて、伸也はすぐにあのコメント欄の炎上騒ぎのことが脳裏をよぎった。野口の元気がないとなればあの事しか考えられないが、そんなにも情緒不安定になるほど思い悩んでいたのか。

「……いえ、特には……」

原因についてさらりと話しておいてもいい気がしたが、なぜだかその思いとは真逆の言葉が口をついて出た。

「……オレには、よくわかりません」

結局伸也は、それだけを答えた。答えてから、教師に話せば面倒なことになりそうだなという理由が、まるで言い訳のように遅れて頭の中に降ってくる。

「そうか……。それならいいんだ」

担任は緩く笑って見せて、わざわざ悪かったな、と伸也の肩を叩《たた》く。そしてすれ違いざま、こっそりと耳元で囁《ささや》いた。

「厄介ごとを抱えてる奴には、近づかないのが身のためだぞ。野口は所詮《しょせん》、サラリーマンの息子だろ？　中原とは家の格が違うんだ」

伸也はそれを、腹の底に溜《た》まる淀《よど》みを感じながら聞いていた。

「月末には中間テストだ。中原も体調には気をつけろよ」

そう言い残して、担任は職員室へと歩いて行った。

伸也は白衣の背中をしばらく見送った後で踵《きびす》を返し、教室へと歩き始めた。途中、伊藤のクラスを廊下の窓越しに覗《のぞ》くと、彼は昨日の言葉通り受験に本腰を入れるらしく、級友たちが何かの雑誌を囲んであれこれと議論を交わしているのを横目に、黙々と問題集と向き合っていた。そこに、伸也が知っている今までの溌剌《はつらつ》とした伊藤の表情はないように思えた。

「いと……」

声をかけようとして、途中で思い留まる。今の彼に何を言おうとしたのか、自分でもわからなかった。

激しい雨が、廊下の窓を強《したた》か打ち付ける。

——雨が。

伸也は無意識に、自分の右耳へ手を添えた。

雨が、鳴っている。

まだ雨が止まない昼休み、教室で早々と弁当を食べ終えた伸也は、図書館へと向かった。

相変わらず野口からの返信はなく、体調不良の具合はわからない。担任の話によれば、今朝は起きてこなかったとのことだが、ずっと自室に籠《こも》っているのだろうか。代わりに、籠っている幼馴染の方からは、先ほど『裏切り者』とだけ記されたメールが届いていた。頭を冷やすには、まだもう少し時間が必要かもしれない。

「返却ですか？」

図書館の入口でぼんやり立ち尽くしていた伸也は、受付からかけられた声で我に返った。図書委員の腕章をつけた上級生が、カウンターの中から訝《いぶか》しげにこちらを見つめている。

「あ、はい」

「では返却台のところにお願いします」

二階までの吹き抜けの空間に、古めかしい木製の螺旋《らせん》階段がある図書館は、モダンな外観とは裏腹に、一歩入ると時代を遡《さかのぼ》るような感覚になる。本は一冊ごとにすべてバーコードで管理されているため、返却の際は指定の場所に戻しておくだけでいい。伸也は借りていた数冊の小説と天体図鑑を返却台の上に載せ、すぐに図書館を後にした。

やることがない昼休みは、なんだか妙に落ち着かない。体育館を覗《のぞ》いてみたが、そこに伊藤の姿はなく、見知らぬ上級生がバレーボールの真似事《まねごと》をして遊んでいた。暇つぶしに問題集でも解こうかと教室に戻ってきても、後ろの空席が気になって身の置き場がないように思えた。

「……よく降るな」

意味もなく校内を歩き回っていた伸也は途中、屋外テラスを見渡せるガラス張りの廊下で足を止める。この雨の中、外に出ている生徒は当然ながら一人もいない。雨に濡れる誰もいないテラスは、伸也が知っている場所ではない気がした。焦点を手前に引き戻せば、雫をつけたガラスに自分の顔が映る。その顔すら、見知らぬ別人のように思えた。

しばらくそこで雨音に聴き入っていた伸也は、目の前のガラスに自分以外の何かの姿が映り込んでいることに気付いた。

「……なんだ？」

おぼろげだった像は次第にはっきりと映るようになり、しばらくするとそれが人間の行列だとわかった。伸也と同じ立華院の制服を着た生徒が、ただただ整然と並んでいる。そしてその先頭は、白っぽい建物の中へと続いていた。入口には白と黒の幕がかかっており、葬儀会場と記された札が出ている。そこで初めて、葬儀のための行列なのだとわかった。

伸也は困惑しながら、その幻の景色を目で追いかける。向こう側でも雨が降っているのか、傘を持たない生徒の紺色の制服が、雨に染まってじわりと色を変えていた。映し出される人々は、皆一様にうなだれて口を結び、ハンカチで目元を押さえる者もいた。そのハンカチの白さが、妙に際立《きわだ》って目に焼き付く。しかし一体誰のための葬儀なのか、肝心なところはぼやけてしまってわからない。生徒が参列しているということは、学校関係者だろうか。それとも――。

ガラスの映像を食い入るようにして観《み》ていた伸也は、そこに映る浪崎碧の姿を発見して思わず息を呑《の》んだ。誰もがうなだれたように下を向く中、彼だけは全《すべ》てを見透かすような双眼でこちらを見つめている。咄嗟に伸也が振り返ると、碧は実体をもって廊下に佇《たたず》んでいた。斜め後ろに立っていた彼の姿が、ガラスに映り込んでいたのだ。

「……なんだよ」

激しい動悸《どうき》を悟られまいと、伸也は平静を装《よそお》って尋ねた。しかし碧は突然興味を失ったように目を逸《そ》らし、そのまま歩き出そうとする。

「ちょっと待てよ、何か言いたいことでもあるのかよ！」

そう尋ねた伸也の声は、思いの外大きくなってしまった。傍を歩いていた同級生が不思議そうに振り返る。

碧は伸也の言葉に足を止めて半身だけ振り返り、逆に問い返した。

「何か、言われそうなことに心当たりでもあるのか？」

心を見透かされたような質問に、伸也は無意識に息を呑む。その様子を一瞥して、碧は窓の外へと目を向けた。

「雨は、自浄作用だ」

窓ガラスを滑る水滴を目で追って、碧は淡々と口にした。

「降ってるうちは、まだ引き返せる」

再び伸也を捉《とら》えた彼の双眼は、深海のように静かだった。

「……どういう意味だ……？」

碧はその問いに答えることなく、リノリウムの廊下を歩いて行った。

その日雨が止まないまま放課後を迎え、伸也は三々五々帰路につく生徒たちに紛れて教室を出た。スマートホンを確認するも、野口からの返信はまだない。徹からの悪態をつくメールも、三度目を最後に途切れていた。

昼休みに意味ありげな言葉を残していった浪崎碧は、その後教室で顔を合わせても、伸也のことなど目にも入らないような様子で、相変わらず人を寄せ付けない被膜の中で過ごしていた。彼が言った『雨』とは、この耳に聞こえる雨音のことを指しているのだろうか。窓ガラスに映った不思議な葬列を、彼も観ていたのだろうか。伸也は尋ねようとしてタイミングを計っていたが、終業の鐘とともに碧は教室を出て行き、結局話すことはできなかった。

同じ制服を着て廊下を歩き、階段を降りて昇降口へ向かう。そこから雨の中へと出て行く生徒たちを、伸也はぼんやりと見送っていた。まるでその群れが、あの葬列のようだと頭の片隅で思う。幻でしかないはずのその景色が、なぜだか頭から離れなかった。そして同時に、行列の先にいる誰かのことを思う。あそこで弔われたのは、一体誰だったのか。

「あ、中原」

傘を持ったまま立ち尽くしていた伸也に、体育館へ行こうとしていたバレー部の級友が気付いて声をかけた。

「伊藤見なかった？」

「……見なかったけど、どうしたの」

教室を出るときには碧のことで頭がいっぱいで、隣のクラスのことを気にする余裕もなかった。

「バスケ部の先輩が探してるみたいだったから。携帯にかけても出ないんだって」

ジャージ姿の級友は肩をすくめる。

「あいつ、部活やめたって本当？」

そう問われ、伸也は曖昧な笑みを浮かべた。

「……らしいね。オレもよく知らないけど」

隠すこともないとは思うものの、本人のいないところで話すのはなんだか気が咎《とが》めた。

「見かけたら言っておくよ」

そう返事をして、伸也は級友と別れて昇降口を出る。先輩が探しているというのは、退部を引き留めようとするためか。だとしたら、伊藤が電話に出ないのもわかる気がした。

紺色の傘を差して学校の敷地を出て、駅に向かって歩き始めたところで、伸也はふと校舎を振り返った。雨に濡れた灰色のコンクリートは色を濃くし、鈍色《にびいろ》の空と同じような重苦しさを纏っていた。そしてその校舎の屋上、フェンス越しに見覚えのある姿を見つけて、伸也は目を細める。

「……伊藤？」

傘も差さず、彼は紺色の制服のままそこに佇んでいた。フェンスに指を絡《から》めて、どこか遠くを見るようにして微動だにしない。伸也は制服のポケットからスマートホンを取り出し、伊藤の電話番号を呼び出した。そんなところで何をしているのか、風邪を引くぞと忠告するつもりだったのに、なぜだか発信ボタンを押す寸前で指が止まった。耳の奥の雨と、現実の雨の音が重なって、電話をかけられない理由を考える力を奪っていく。

やがて一定時間を過ぎて液晶画面は暗くなり、伸也はスマートホンをゆっくりとポケットにしまった。そしてそのまま、歩き始める。

車道を走る車が派手な水しぶきを上げ、後ろから来た自転車がベルを鳴らしながら走り去った。その中を普段通りの歩調で駅へ向かい、いつもと同じように電車に乗った。混み合った車内をやり過ごし、最寄《もより》駅で慣れた改札をくぐる。家への道を辿《たど》りながら、児童公園の方から走ってきた救急車とすれ違った。赤い警告灯が高いサイレンとともに通り過ぎ、次には半音下がった響きで耳に届く。なぜだかその音に、鼓動が早まった。

「ただいま……」

自宅へと帰ってくると、家の中はひっそりと静まり返っていた。きっと母は買い物にでも出かけているのだろう。濡れてしまった制服を軽く払って、伸也は自室へと向かう。明日も身に着けるのだから、今のうちに乾かしておかなくては。

部屋着に着替えてから、制服をタオルで叩いて水気を取り、ハンガーにかけてドライヤーを当てた。粗方《あらかた》乾いたところで、今度は引き出しの中に一枚だけあった、いつもは使わない白のハンカチにアイロンをかけた。

きっと自分も泣くのだろうかと、目元にあてがう仕草を想像して。

どこか高揚すら感じながら。

スマートホンに、着信を知らせるランプはまだ光らない。

伸也は自覚がないまま、おもむろに両手で耳を塞《ふさ》いで目を閉じる。

もうそこには、驟雨《しゅうう》の激しい水音しか聴こえていなかった。

四、

翌日は、朝から秋らしい高い青空が広がっていた。

いつもより一時間ほど早い時間に起床した伸也は、耳の中の雨もようやく止んだことに気付いた。やはり放っておいたところで、何の問題もなかったようだ。ただ、ここ数日常に聴こえていたものが突然聴こえなくなると、妙な静寂に落ち着かなくなる。伸也は母親が作りかけていた弁当を断って、早々に家を出ることにした。

「あら伸也くん、おはよう」

児童公園近くのごみ集積所で、伸也は徹の母親と出くわした。掃除当番らしく、箒《ほうき》と塵取りを手にしている。

「おはようございます」

「今日は随分早いのね？」

「ちょっと早く目が覚めたので、学校で勉強しようかと思って」

適当にごまかした言い訳を疑いもせず、徹の母親は、偉いわねぇ、などと言って目を細めた。

「うちの徹も見習ってほしいわ。相変わらず学校に行く気はないみたいなのに、ごはんだけはきっちり食べるのよ。昨夜なんておかわりまでして……」

困ったように笑いながら、母親は続ける。

「この前はごめんね、せっかく来てもらったのに。あの子も意地になってるみたいで」

「いえ……」

いつまでも続きそうな会話に、仲也はぎこちなく笑みを作って、それじゃあいってきます、と言って会話を切り上げた。

「いってらっしゃい」

徹の母は、いつもの笑顔で息子の友人を見送った。


普段より少しだけ空《す》いている電車で学校へ向かうと、煉瓦《れんが》とコンクリートの校舎に生徒の姿はまだなかった。昇降口で上履きに履き替えた仲也は、そこから見えるグラウンドに面した体育館の扉が開け放たれていることに気付く。立華院に運動部はあるが、朝練などをやるような力の入った部活は無いはずだった。興味本位で覗きに行った仲也は、そこで一心にシュートを放つ友人の姿を見つけた。

「……伊藤」

詰襟の制服を脱ぎ、白いシャツの袖《そで》のボタンをはずしてまくり上げている。足元は裸足《はだし》で、制服のズボンも膝《ひざ》のあたりまで無造作にめくられていた。戸口に立った仲也に気付いて伊藤が振り返り、少々面食らったように、おはよう、と口にした。

「何、どうしたの、早いじゃん」

「たまたまだよ。そっちこそ早いじゃん」

確か伊藤の家は、仲也の自宅よりさらに遠い区だったはずだ。狙《ねら》って来なければ、こんなに早い時間に到着しないだろう。

「やめたんじゃなかったの？」

伸也は、伊藤が手にしているバスケットボールに目を向ける。彼の傍にはボールが入った鉄製のカゴがあり、すでにゴール周辺にはいくつかのボールが散らばっていた。伊藤は手を慣らすように何度かその場でボールをつくと、そのまま流れるような動作で頭上にボールを構え、シュートを放った。彼の指先から離れたボールは滑らかな弧を描き、ゴールリングへと吸い込まれるようにして落ちていく。それは確かに、伸也が何度も目にした伊藤のシュートだった。

「なんか、体動かしてないとむずむずするんだ」

額に滲《にじ》んだ汗を拭《ぬぐ》って、伊藤は苦笑する。どこか観念した笑顔は、昨日教室で見かけた彼より随分清々《すがすが》しく見えた。

「長年の習慣ってやつ？」

自らに呆《あき》れるように、伊藤はゴールを振り返る。

「……昨日、放課後屋上にいただろ？」

汗で襟足が濡れている後姿に、伸也は静かに問いかける。

「雨の中、何してたの？」

「ああ、あれね。見てたの？」

伊藤は驚いたように目を瞠《みは》った。

「オレが部活やめるって言ったら、先輩が引き止めにきてさ。あんまりしつこいからあそこに逃げてた。傘、持って行けばよかったよ」

伊藤は手近なボールを拾って、もう一度シュートを放つ。今度はリングに当たってボールは跳ね、伊藤はそのリバウンドを取りに走って行く。空中でボールを受け止め、そのままもう一度ゴールへと放った。さすがに裸足が祟《たた》ったのか、着地したところで伊藤は短く呻《うめ》いてその場にしゃがみ込む。

「可愛《かわい》がってもらってるなら、有り難いことじゃないか」

伸也は自分の胸の辺りを摑《つか》んだ。そこに生まれる冷たい渦を押し殺すようにして、友人に笑みを向け口にする。

「バッシュだけ部室に置かせてもらえよ。そうすれば好きな時に気晴らしできるだろ」

それを聞いた伊藤が顔を上げて、そうだな、と笑った。


一時間目の本鈴が鳴るのを、伸也は屋上で聴いていた。

手にしたスマートホンには、先ほど野口からのメッセージが送られてきていて、風邪をこじらせたらしく高熱で寝込んでいたことと、メールの返信ができなかった詫《わ》びが綴《つづ》られていた。もう熱は下がったので、明日は登校できるだろうとのことだ。伸也はスマートホンをポケットにしまい、晴れ渡った空を見上げる。もうこの耳を塞いでも、雨音は聴こえない。

「……すっかり、止んだな……」

あっさりあがってしまった雨がなぜか恋しくもあり、同時に体の中に何か淀んだものが溜まった気がした。頭の芯の辺りが冷えたままで、感情が起伏しないことを自覚する。

「残念だったな」

不意に後方から聴こえた声に、伸也は振り返る。

「誰も、死ななくて」

給水塔の陰から姿を見せたのは、浪崎碧だった。ここへの鍵《かぎ》は限られた人間しか持っていないはずだが、一体いつどうやって来たのか。

「浪崎……」

呆然《ぼうぜん》としている伸也に、碧は色白の肌に秋の陽を躍らせて歩み寄る。

「せっかく誰かの葬式が見られると思ったのにな。あの葬列の主役、気になってたんだろ？」

伸也の隣に並んで、碧は眼下の景色を見下ろした。彼のやや挑発めいた言い方に腹を立てるより先に、伸也は確信を持って尋ねる。

「……お前にも、あの葬列が見えてたのか？」

近くで見ると、切れ長の目の妖艶《ようえん》さがよくわかった。同性だとわかっていながら、その色香に一瞬戸惑ってしまう。

「見えてた、というより、僕が見せたんだ」

だがその艶《なま》めかしい容姿とは裏腹に、碧はそっけない話し方をする。

「中原が望んでいた景色だ」

「……オレが？」

意味が分からず、伸也は眉《まゆ》をひそめた。碧が見せた、というあたりも、よく理解ができない。

碧は、静かな瞳《ひとみ》で伸也を見つめた。

「忠告してやったんだよ。言っただろ、雨が降ってるうちは、まだ引き返せるって」

それを聞いて、伸也は無意識に息を呑んだ。

「でも遅かったな。中原の中の雨は止んだ」

碧は屋上から見える景色へと視線を滑らせる。

「もう、お前の中に大禍津日神《おおまがつひのかみ》が生まれた」

碧の言っていることに理解が追い付かず、伸也は首を傾《かし》げながら困惑気味に笑った。

「……さっきから何言ってんの。全然わかんないんだけど」

　しかし同時に、伸也は妙な胸騒ぎを覚えていた。碧の双眼に捉えられると、言いようのない恐怖が背中を這《は》い上がるのだ。まるで、全てを見透かされているように。

「昨日中原が見た葬列は、中原の願望そのものだ。自分の手は汚すことなく、何か大きな事件が起こればいいと思った。例えばこの学校に通う生徒が、死ぬようなこと」

　屋上を吹き抜ける爽《さわ》やかな秋風の中で、碧は不穏な台詞を淡々と口にする。

「気になっただろ？　あの葬儀の主役が誰なのか。死んだのは、誰なのか」

　畳み掛けるように尋ねられて、伸也は視線を泳がせた。窓ガラスに映ったあの紺色の葬列が、脳裏に点滅しながら蘇《よみがえ》る。そうだ、確かに気になっていた。あそこで弔われた人は、一体誰なのかと。

「できれば身近な人がよかった。そういう人を喪《うしな》う経験をすれば、何か変わるんじゃないかと思った。だから中原は、何人か候補を選んだ」

「……やめろよ」

　伸也は荒くなる呼吸に、制服の胸の辺りを摑んだ。碧はこちらの心の奥底にするりと手を入れて、ひとつずつの襞《ひだ》をあっさりとめくっては、そこに押し込めた秘密を暴露する。

「立華院に来なければ自分は別の道を歩んでたんじゃないかと悩んでいる友達か、顔も知らない人間に執拗《しつよう》にネットで叩かれて憔悴《しょうすい》している友達か、それとも失恋から立ち直れなくてずっと引きこもっている友達か」

「やめろ！」

仲也は碧の声をかき消すように怒鳴って、フェンスを拳《こぶし》で叩いた。

「友達が死ねばいいなんて、そんなこと思うわけがないだろ！　いい加減なことを言うなよ！」

何も。

「笑ってたくせに」

激昂《げっこう》した仲也とは対照的に、落ち着いた瞳で碧は口にした。

「あの葬列を見たとき、笑ってたくせに」

何も言い返すことができなかった。

仲也は愕然《がくぜん》と目を見開いて、唇を震わせる。昨日、雨粒が滑る窓ガラスで見た光景は、白と黒の幕がかかる会場に続く、紺色の行列。白いハンカチで目元を押さえる人々。その時ガラスに反射していたのは、こちらを射るように見つめていた碧と、楽しみな映画の続きを待つように、薄ら笑いを浮かべていた自分だ。

仲也は足元をふらつかせて、倒れまいとフェンスに強く指を絡めた。誰にも悟られないよう何重にも封をして、違和感のない色で包んだ心の澱《おり》を、鼻先に突き付けられる。

「……それがなんだよ」

喉《のど》の奥から振り絞った声は、自分でも驚くほど低かった。

「それがなんだよ、オレが何か悪いことしたか⁉ 誰か傷つけたかよ！」

この手は血に濡れていない。拳も握らず、刃物も持っていない。暴言も吐かず、代わりに優しい言葉をかけていたはずだ。

「オレだってそんなこと思いたくなかった！ だから必死で思わないようにしたんだ！絶対誰にもわからないように、欠片《かけら》も伝わらないように、それなのになんでお前が……なんでお前が暴《あば》くんだよ！」

仲也の糾弾を、碧は何も言わずに聞いていた。

「自分が狂ってることなんかわかってるよ！ でもオレの力なんかで世間は変えられないんだ！ もっと大きな、インパクトのある出来事がないと、それが最善だと思ってる大人たちの考えなんて変わらないんだよ！ 自由なのに息苦しくて、未来があるようで縛られてて、用意された文句のつけようのない道を、にこにこしながら進んでいくだけの虚《むな》しさが、お前にわかるかよ⁉」

恵まれた人間の愚かな言い分だと、自分でもわかっていた。進学したくてもできない人間もいる。能力はあっても、資金がない家もある。日本という社会の中で、自分が上澄みにいることは自覚している。

けれどもう、呑み込んでしまうのは限界だ。

選択肢はたくさんあると思っていた。どこへでも行けるし何にでもなれると思っていた。だがそれを決めてしまえば、当然他の選択肢という名の可能性は消えてしまう。それが嫌で選べずにいた。未来を狭めるような気がすると言い訳をして、結局未来を決められない。父を越えたいと思いながらその方法すらわからずに、結局掌《てのひら》で転がされている。

――雨を。

雨をください。

この愚かな心を、洗い流す雨を。

「……非日常を望む気持ちは、わからなくもない。想像することは自由だ」

しばらく無言で、周囲の景色に目を向けていた碧が口にする。

「でも誰かが死んだところで、世の中はお前が期待している通りになんて動かない。権力者にとって都合の悪いことをもみ消しながら数日騒いで、あとは元通りだ。それを思えば、自ら死んでやることもバカバカしい」

爽やかな秋風が、碧の前髪をかすめて白い額を晒していく。今まで憎々しいほど涼やかだと思っていた彼の目にふと熱を感じて、仲也は尋ねた。

「……お前も、うんざりしてることがあるのか？」

愚問だと言わんばかりに、碧は眉根を寄せる。

「うんざりしてない奴なんかいるのかよ」

呆れ気味にそう答えた碧の表情は、伸也が今まで見た彼のどの顔より人間味があった。

初めて作り物のように美しい彼の、生々しい内側に触れた気がした。

「……僕だって、ここに来たくて来たわけじゃない。逃げてきたようなものだ」

碧は制服のボタンを外し、内ポケットから掌ほどの古めかしい銅鏡を取り出す。

「立華院に入学した当時、海の神の呪《のろ》いを受けた一族だっていうバカバカしい噂《うわさ》があったださ」


ただろ」

銅鏡を弄《もてあそ》びながら、碧が口元を緩めた。

「誰が仕入れてきた話か知らないけど、あれはあながち間違ってない。僕は海の女神の呪いを受けた魚の末裔《まつえい》で、人であり続けるために、人の穢《けが》れを加加呑《かかの》み続けることを強いられてる」

「……魚の……末裔？」

問い返して、伸也は彼の右肩に見た痣《あざ》のことを思い出した。銀色にも灰色にも見える皮膚と、青黒い斑《はん》。あの肌が脳裏に蘇って、伸也は小さく息を呑む。あの時は変わった痣だと思ったが、言われてみれば魚の肌のようにも思えた。そこには作り話だと笑って、否定できないリアルさがあった。

「加加呑む、すなわち大きな口でがぶがぶと呑み込むこと。本来は海の女神がその役目を担《にな》ってるが、僕はそれと同じことをしなきゃならない」

「……だから、オレの穢れを呑むのか？」

仲也の問いに、碧は頷《うなず》く。

「さっきも言った通り、中原の雨は止んだ。もう自分の力で大禍津日神を抑えておけない」

そこで言葉を切って、碧は銅鏡へと目を落としながら続けた。

「今祓《はら》っておかないと、中原は多分、そう遠くない未来に、誰かを殺す」

ぽつりとつぶやくように告げられたその言葉を、仲也は妙な静けさの中で聞いていた。自分が誰かを殺《あや》めるだろうと荒唐無稽《こうとうむけい》な予言をされて、それでも反論する気が起こらなかった。おそらく自分でも、その小さな芽を感じているからかもしれない。

そしてきっと『誰か』の中には、自分も含まれるのだろう。

「安心しろよ、穢れである大禍津日神を加加呑めば、祓われた人の穢れた記憶も一緒に呑み込むことになる。だから中原も、ここで起こったことや、自分が友人の死を願ったことも、全部忘れる」

「記憶も……？」

問い返して、仲也はわずかな嘲笑《ちょうしょう》を漏らした。

「馬鹿《ばか》げてる。自分が生んだ罪の理由がわからなくなれば、反省もできない。穢れを祓ったところで、性根は変わらないんだ。そんな祓いに意味なんかあるのか？」

汚い人間の汚い部分を掬《すく》い取ったところで、すぐにまた濁っていくだろう。罪を自覚せずに、一体どのくらいの人間が変われるのか。それは所詮、自壊までのただの時間稼ぎにすぎないのではないか。

碧は銅鏡から視線を滑らせ、伸也を捉えた。

「そうだな、だからこれは救いじゃない。人であり続けるための、僕の一方的な狩りだ」

深海のような底が見えない双眸《そうぼう》に、伸也は思わず息を詰める。

「……なんで、オレだったんだよ」

そう尋ねた伸也の声は、思いのほか掠《かす》れていた。

「そんなに、狩りの対象として魅力的だったか？」

自虐的《じぎゃくてき》に吐き出して、伸也は顔を歪《ゆが》める。

「そうか、だから浪崎は、クラスに馴染《なじ》もうとしなかったんだな？　お前にとっては、自分以外の全員が捕食対象だもんな？　人間なんて腹の底じゃ何考えてるかわかんないし、そういうドロドロの穢れを今まで見てきたんなら、オレたちのことなんてさぞかし気味の悪い生き物に見えてただろうな！」

その言葉を受け止める碧の瞳に、微《かす》かな揺らぎを見た気がして、伸也は瞬きした。続けようとしていた言葉が、霧散していく。

「……そうだな」

やがて碧は、少しだけ笑った。

「なんで人間は、そういうものから逃れられないんだろうな」

頭の片隅を、息継ぎをするように窓の外を眺めていた彼の姿がちらつく。

うんざりしていない奴《やつ》などいるのか、と問うた瞳。

伸也は何か言おうとして言葉にできず、もどかしく碧を見つめた。自分から責めておきながら、今更不安になってくる。聞かされた話は、にわかには信じがたいものだ。しかしそれでも、伸也には碧が嘘《うそ》をついているようには思えなかった。

「……穢れを呑まなかったら、浪崎はどうなるんだ？」

伸也はぽつりと尋ねる。碧は、淡々とした声色で答えた。

「人でなくなる」

「人でなくなる？」

「魚になって、海に還《かえ》ると言われてる」

彼の右肩に存在を主張する、銀灰色の魚の皮膚。

「……馬鹿だな浪崎」

答えを聞いて、伸也はなぜだか泣きそうになるのをごまかすように笑った。

「その方がずっと楽じゃないか」

いっそ魚になって海に還ってしまえば、今よりずっと穏やかな心でいられそうな気がする。

「煩《わずら》わしい人間関係もないだろ。いちいち人の嫌なとこ見なくてもいいんだぞ？　穢れなんて放っておけばいい。どうせ自《じ》業《ごう》自《じ》得《とく》だ、自分には関係ないって見ないふりをすればいいじゃないか！」

「その言葉、そのままそっくりお前に返すよ」

伸也の言葉を遮って、碧は少しだけ目を細める。

「逃れられない宿命にうんざりしてるくせに、毎日律儀《りちぎ》に学校に来て、ちゃんといい生徒を演じてる」

碧の言葉は、剝《む》き出しになった伸也の胸の、さらに奥の方を突いた。

「アドバイスしてやったのも聞かずに、勝手に悩んだり、傷ついたりする友達に呆れてるくせに、放っておけなくて」

フェンスに絡める指を、強くする。

「もうこりごりだって思いながら、手を差し伸べてる」

人の暗部に辟易《へきえき》としながら、それでも見捨てられない想《おも》い。

「僕もたぶん、中原と一緒だ」

交差するのは、絶望と希望。

人間という生き物も、それが作り出す世の中も、拒絶するほど嫌いになれず、どこかで信じたがっている。ここで生きることに、光を求めている。

きっと彼我の距離は、とても近い。

「一方的な狩りだなんて、嘘なんじゃないのか……？」

伸也は小さな確信を持って、ぽつりと口にした。

「それなら最初から、オレの雨が止むまで待っていればよかった」

わずかに見開かれた碧の双眼が、かすかな狼狽《ろうばい》の色を映す。

「忠告する必要なんて、なかったじゃないか……」

伸也の声は、少しかすれて秋の陽に消えた。

屋上を渡る風が、二人の間を流れていく。

「……心中で穢れを育てていても、それを自分で消化できる人間もいるんだ」

碧は足元のコンクリートに目を落として、つぶやくように言った。

「僕は中原に、それを期待したのかもしれない」

伸也は目の前の碧を見つめた。その表情からは、何を考えているのか読み取ることはできない。もしかすると、彼も戸惑っているのかもしれない。穢れを抱える級友に何を想ったのか、彼自身も明確にはわかっていなかったのだろうか。

やがて一呼吸おいて、碧が再び口を開いた。

「中原、ひとつ訊《き》いてもいいか？」

彼の持つ銅鏡が、午前中の秋の陽を反射して鈍くきらめく。

「人間って、いいものか？」

まるで人外の者がするような問いかけに、仲也は即座に答えることができなかった。ただこちらを見つめる碧の眼差《まなざ》しが、今までに見たことがないくらい不安な彩《いろ》をしていた。

「それ、オレに訊くかよ……」

仲也は自嘲気味に笑う。自分の手を汚したくはないのに、そのくせ変化を渇望《かつぼう》していた狡《ずる》くて浅ましい自分に、何が答えられるだろう。恵まれているくせにその環境すら嫌がって、逃げ出すこともせず、誰かが助けてくれることを望んでいただけの自分に。

「いいものかどうかなんて……」

仲也は図らずも、自分の短い人生を頭の中で振り返った。尊敬する父と、優しい母と、やんちゃな弟に囲まれて育った。幼少期は、徹の面倒を見ながら共に遊び、立華院に来て、バスケを愛する伊藤と出会い、こちらの話にも飽きずに付き合ってくれる野口と出会った。アルバムの中の写真には、三人のうちの誰かが必ず一緒に写っている。

「……いいものか、どうかなんて……」

伸也は不意にこみ上げてくる感情に、声を詰まらせた。あの葬列の主役を誰にするか迷っていた感情と、友人たちの笑顔が目の前をちらつく。そして初めて、失うことの恐ろしさを想った。

「オレだってまだ、わからない……」

言葉の後半は嗚咽《おえつ》に変わり、伸也は堪《こら》えきれずに涙をこぼす。フェンスに絡めていた指がほどけて、力なく垂れ下がった。姿も、声も、温度も、その人を形作っていたすべてのものと、その人に作られた自分の一部すらも消えてしまうこと。本当に失うということの意味を、今初めて理解した気がしていた。

「……誰も、死なないで、良かった……」

嗚咽交じりのその声は、途切れがちになった。

碧はそれを聞きながら、手にした銅鏡をかざして、伸也の姿を映す。

「……そうだな」

少しだけ、微笑《ほほえ》んだ頰。

それを合図にして、伸也の身体《からだ》から勢いよく黒い靄《もや》が上空へと立ち上った。

「浪崎……！」

朦朧《もうろう》としてくる意識の中で、伸也は彼の名前を呼ぶ。どうしても気になることがあった。先ほど彼は、穢れた記憶も一緒に呑み込むのだと言った。それはつまり、今ここで彼が話したこともすべて、自分は忘れてしまうということなのではないか。

体から抜け出ていく大禍津日神の靄越しに見えた碧は、笑っているようだった。

「僕が全部、加加呑んでやる」

耳を塞ぐ暴風のような轟音《ごうおん》の中で、そう言った彼の声が聴こえた気がした。

そうじゃないんだ浪崎。

遠くなる意識の中で、伸也は呼びかける。

オレが忘れてしまったら、お前の葛藤《かっとう》は誰が受け止めるんだ。

お前の淀みを誰が呑み込むんだ。

本当は誰より――。


やがて伸也が意識を失ってその場に倒れるのを、碧は抱き止めるようにして、そっとコンクリートの上に寝かせた。彼から抜け出た大禍津日神は、碧の手の中にある銅鏡の中に取り込まれ、その表面から蒸気のように黒い靄が立ち上っている。

「……僕もだ中原。僕もまだ、人間がいいものかどうかわからない」

水面のようなさざ波の立つ銅鏡の表面を眺めながら、碧は独り口にした。

「ただ……」

盃《さかずき》に見立てた銅鏡を、顔の前に掲げて。

「くだらないものだと、言われなくてよかった」

銅鏡に唇をつけ、大禍津日神を一気に口内へと流し込み、碧は喉を鳴らして、一人の少年が抱えた絶望を加加呑んだ。

終

横断歩道ですれ違ったのは、本当に浪崎碧だったのか。

待ち合わせたカフェに入って、運ばれてきたコーヒーを手に取った伸也は、窓越しに雨模様の空へと目を向けた。

四年前のあの日、屋上で碧に会ったことは確かに覚えているのだが、何を話したのかはよく思い出せなかった。秋の心地いい陽気にいつの間にか寝入っていたらしい自分は、碧に起こされ、もうすぐ一時間目が終わることを知らされた。どうして授業に出ずに屋上にいたのか、そしてなぜ浪崎と一緒にいるのか、そこだけ記憶が抜け落ちたようになっていて、随分不思議に思ったことを覚えている。

「中原」

とにかく教室に戻ろうとして屋上を出て行く際、伸也は碧に呼び止められた。

「これ、中原のだろ」

差し出されたのは、見慣れた天体図鑑だった。それを手に取った瞬間、伸也はそれを図書館の返却台にわざと置いてきたことを思い出した。

「図書委員が、返しておいてくれって」

「……なんで、オレのだってわかったんだ？」

尋ねると、碧は事もなげに図鑑の最後のページを指した。

「名前が書いてある」

裏表紙を開くと、そこには拙《つたな》い平仮名で『なかはらしんや』とある。幼い自分が確かに書いたものだ。

「……忘れてた」

油性マジックで書かれたその名前を指でなぞって、伸也は懐《なつ》かしさに微笑む。と、同時に、その名前を書いた頃の幼い想いが蘇った。

「……オレ、宇宙飛行士になりたかったんだ」

いつから、その夢を忘れてしまっていたのだろう。いや、忘れていたわけではなくて、無意識に考えないようにしていたのかもしれない。選んでしまえば消えてしまう、多くの選択肢を恐れて。

仲也の言葉を、碧は興味などなさそうにいつもの静かな表情で聞いていた。そして階段へと続く扉を開ける。

「なればいいいんじゃないか?」

その一言を、立ち尽くす仲也の元に残して。

ジーンズのポケットでスマートホンが震えて、仲也は我に返ってそれを取り出す。メッセージは伊藤からで、今度の日曜日に練習試合をやるので観《み》に来ないかという誘いだった。

「あいつ、東大入っても結局バスケやってんじゃん……」

二年生になった今、後輩もできて楽しくやっているようだ。仲也は、都合が合えば野口と観に行くと返信して、まだ来ない呼び出し主を待った。

浪崎碧とは二年になって文理選択でクラスが分かれてしまい、結局彼はクラスに馴染まないまま卒業していったと聞いている。父に反対されつつも他大学を受験した自分に対し、碧はそのまま立華院に残ったはずだ。彼の右肩の痣のことは、なんとなく誰にも話さないままになっている。それほど親しいわけではなかったのに、なぜだかあの痣のことを思い出すと胸が痛んだ。

「仲也ー」

カップの中のコーヒーがそろそろ無くなる頃、カフェの中に待ち人が姿を見せた。

「徹、お前ずぶ濡《ぬ》れじゃないか。しかも遅いし」

「だって大学出たときは小降りだったから、大丈夫かなって」

カバンの中にあったタオルハンカチを投げてやりながら、相変わらずの幼馴染に、伸也は呆れ気味に息を吐いた。

「それより聞いてよ、また彼女にフラれた」

「お前、大学生になってからその話何回目だ」

「今度は東大の女の子紹介してよ。伸也と同じ学部の子でいいから」

「理系に女子なんかほとんどいないよ」

伸也はお気楽な幼馴染に顔をしかめてみせた。

高校時代、徹とやりあった数日後、頭を冷やした彼から謝罪を受けた。どうも当時の彼女はすでに新しい彼氏ができていて、その彼氏からもう彼女と連絡を取ることを止《や》めるようにきつく言われて目が覚めたらしい。その後学校にも復帰し、いろいろな人に心配されつつ何とか立華院の大学に進んだ。

「そういえば、学部ってもう発表出たの？」

自ら尋ねておきながら、徹はふと思い至ったように口にした。東大は入学時に学部が決定しているわけではなく、一年生と二年生の途中までの成績を元に、三年生からの学部を選択するシステムになっている。伸也自身、先月通達された進学振り分けの内定者発表を見るまで、ここのところ気が休まらない日々を過ごしていたのだ。

「出たよ。一応、第一希望に入れた」

受験時に理科一類を選択した伸也は、その先に工学部の航空宇宙工学科への進学を希望していた。かなり人気のある学科のため、入学してからも気が抜けないであろうことは覚悟の上だった。今は内定が出て、ようやくほっとしているところだ。

「そう言えば徹、お前大学でさ——」

浪崎碧の現在を知っているかと尋ねようとして、伸也は途中で言葉を切った。知ってどうなるというのだろう。彼のことだ、きっとそつなく大学生活を送っている。

「大学が何？」

「いや、なんでもない」

冷めてしまった残りのコーヒーを飲み干して、伸也は伝票を手に取った。

今も彼は、独りでいるのだろうか。

楽園の中で、息苦しそうに呼吸をしながら。

「そろそろ行こう。映画観るんだろ」

伸也は徹と連れだって席を立ち、レジに向かう途中で、季節外れのアロハのような派手なシャツを着た男と腕がぶつかって、すみませんとお互いに頭を下げる。

「まだ止まないなー」

店を出て、空を見上げてぼやく幼馴染を急《せ》かし、伸也は歩き出すために傘を広げた。


「自分から呼び出しといて、遅れてくるなんて珍しいな」

伸也たちが店を出て行った数分後、悠々とコーヒーを啜《すす》っていた桐島のところに、いつも通りどこか涼やかな空気感を持って碧が現われた。

「……すみません。出がけに本家へ電話をしていたんです。思いのほか長引いてしまって」

若干気まずそうに目を逸《そ》らしたものの、碧は素直に謝罪する。そんな彼に毒気を抜かれ、桐島はまぁ座れよと促した。

碧と会うのは、二週間ほど前にあった佐川優子の葬式以来だ。一人の人間が命を落とすという壮絶な場面に立ち会い、そのことで自分を責めていた彼とは、あえて連絡を取っていなかった。それが昨日になって突然、近々会えないかと打診が入ったのだ。

「何かあったのか？」

南仏をコンセプトにしているこの店は、店内の装飾にテラコッタやアンティークの家具が使われており、旬《しゅん》のフルーツを中心に様々な種類のケーキが揃《そろ》っている。ただ客層は若い女性が中心のため、男の二人連れ、しかも碧が来ると否応《いやおう》なく目を引いてしまう。

少々声を低くして尋ねた桐島に、碧は小さく首を振る。

「いえ、単に兄さんが余計なことをしゃべっていたせいです」

水とおしぼりを運んできた店員に、碧はそのままホットコーヒーをオーダーした。その彼を、桐島はしげしげと観察する、あれから無事に大禍津日神を呑んだようで、手の震えは収まっている。だるそうな様子もなく、雨で少し肌寒いせいか長袖のシャツを羽織ってはいるものの、両袖とも肘《ひじ》のあたりまで無造作にまくられていた。

「ふーん。まぁお前が元気ならいいよ」

何か食うか？　と、桐島はメニュー表を手に取った。前回の別れ際《ぎわ》、激昂した碧のことはよく覚えている。プライドの高い彼のこと、今日自分を呼び出すのもいろいろと躊《ちゅう》躇《ちょ》しただろう。喧嘩《けんか》をした、というほどではないが、碧なりの仲直りのお茶会ということなのだろうか。

「巨峰が載ってるやつと、バナナが挟まってるやつと、イチジクが散らばってるやつと、どれがいい？」

「……なんでその三種類だけなんですか？　もっと種類ありますよね？」

「よかれと思って」

「自分が食べたいやつだけ選ばないでもらえます？」

露骨に冷たい目線を送ってくる碧に、桐島は満足げに笑った。どうやら調子は取り戻しているようだ。

「じゃあ自分で食べたいやつ選べよ。俺はバナナのやつな。この前のギャラが入ったから、おごってやる」

「桐島さん」

店員を呼ぼうとして手を上げかけた桐島を、碧が制した。まさか遠慮でもしているのかと、桐島は呆れ気味に目を向ける。

「ここは黙っておごられとけよ」

「そうじゃなくて、先に話をしてもいいですか？」

「話？」

改まってせねばならない話などあっただろうか。怪訝《けげん》な顔をする桐島に、碧は首から下げていた紐《ひも》を手繰った。そして袋の中から慎重な手つきで銅鏡を取り出し、よく見えるようテーブルの上へと置く。それをのぞき込んで、桐島は思わずサングラスを取り、裸眼で再度確かめた。碧とともにいくつもの大禍津日神を捕らえてきた、艶《つや》やかな銀色の表面。何度も目にしたそこに、予期せぬものがある。

「……おい、これって……」

口にした言葉は、うまく声にならなかった。

「見てのとおりです」

目を瞠ったままの桐島に、碧は告げる。

「鏡が、割れました」

真《ま》っ直《す》ぐに線を引いたようなヒビが、そこに映る桐島の顔を分断していた。


「──もしもーし……」

体温と同じ温度を持つシーツの上で、着信を知らせるスマートホンを手探りで摑んだ彼は、寝起きながらもどこか嬉《うれ》しそうに口にした。

「珍しいじゃん、こんな時間に電話してくるなんて」

吐息交じりになる言葉が、けだるい熱を含む。カーテンの隙間《すきま》から差し込む光が、彼の露《あら》わになった素肌の上で躍っていた。

「え、銅鏡が？　……それで？」

時計は午前十時を指している。柔らかな枕《まくら》に片頰を埋めていた彼は、少しだけ驚いたように目を見開いた。しかしすぐに飽きたように、続きを促す。

「じゃあ帰ってくんの？　……え、なんで？　寂しいじゃん、お兄ちゃんと遊んでよ」

ようやくベッドの上で体を起こした彼は、電話の向こうにいる青年のことを想像する。きっと呆れているのだろう。兄弟のように育ったのだから、その反応は離れていても手に取るようにわかる。産まれたときから一緒にいるのだ。彼のことなら、なんだって知っている。

「……わかったよ。親父《おやじ》には俺からも言っておくから」

まだ眠気の抜けきらない目をこすって、彼はあくびをひとつかみ殺す。さすがに裸だと肌寒いが、羽織れるような服が見当たらないので、もう一度ベッドの中にもぐりこんだ。電話越しに聞く弟の声は嫌いではない。静謐《せいひつ》で、波音のように淡々としていて、自分と等しくとても孤独だ。

「碧……」

重さに抗《あらが》えない瞼《まぶた》を閉じ、けれど頬に笑みを残したまま、彼は名前を呼んだ。

「久しぶりに会いたいよ」

窓の向こうに見える海は、今日も白波を宿している。

初出

加加呑ム者　『yom yom』Vol. 38
直毘ノ風　書き下ろし
花ヲ喰ラウ　『yom yom』Vol. 41
雨ノ楽園　『yom yom』Vol. 39

太田紫織著
オークブリッジ邸の笑わない貴婦人
—新人メイドと秘密の写真—
派遣家政婦・愛川鈴佳、明日から十九世紀に行ってきます——。英ヴィクトリア朝の生活に焦がれる老婦人の、孤独な夢を叶える為に。

太田紫織著
オークブリッジ邸の笑わない貴婦人2
—後輩メイドと窓下のお嬢様—
十九世紀英国式に暮らすお屋敷で迎えた夏。メイドを襲うのは問題児の後輩、我儘お嬢様に、過去の〝罪〟を知るご主人様で……。

雪乃紗衣著
レアリアⅠ
長年争う帝国と王朝。休戦派の魔女家の少女は帝都へ行く。破滅の〝黒い羊〟を追って——。世代を超え運命に挑む、大河小説第一弾。

雪乃紗衣著
レアリアⅡ
—仮面の皇子—
開戦へ進む帝都。失意のミレディアはアリルと束の間の結婚生活を過ごす。明かされる少女の罪と、少年の仮面の下に隠された真実！

友井羊著
向日葵ちゃん追跡する
防犯アドバイザーの向日葵は元ストーカー。殺人現場で再会した憧れの人を救うため、再び恋の大暴走が始まる！　青春ミステリー。

蓮見恭子著
シマイチ古道具商
—春夏冬《あきない》人情ものがたり—
道具には、人の想いと暮らしが隠れてる——。大阪・堺の「島市古道具商」の店先に集うどこか欠けた人々の不器用で優しい絆の物語。

新潮文庫最新刊

今野 敏著
自覚
―隠蔽捜査5.5―
副署長、女性キャリアから、くせ者刑事まで。原理原則を貫く警察官僚・竜崎伸也が、さまざまな困難に直面した七人の警察官を救う！

青山文平著
春山入り
山本周五郎、藤沢周平を継ぎ、正統派にして新しい――。直木賞作家が、生きる場処を摑もうともがき続ける人々を描く本格時代小説。

北原亞以子著
乗合船
慶次郎縁側日記
婿養子急襲の報に元同心慶次郎の心は乱れ、思いは若き日に飛ぶ。執念の絶筆「冥きより」収録の傑作江戸人情シリーズ、堂々の最終巻。

中脇初枝著
みなそこ
親友の羊水に漂っていた命。13年後、その腕にあたしはからめとられた。美しい清流の村の一度きりの夏を描く、禁断の純愛小説。

高杉 良著
組織に埋れず
失敗ばかりのダメ社員がヒット連発の〝神様〟に！ 旅行業界を一変させた快男子の痛快な仕事人生。心が晴ればれとする経済小説。

浅葉なつ著
カカノムモノ
悲しい秘密を抱えた美しすぎる大学生・浪崎碧。人の暴走した情念を喰らい、解決する彼の正体は。全く新しい癒やしの物語、誕生。